Tucholsky  Wagner  Zola  Scott  Sydow  Freud  Schlegel
Turgenev  Wallace  Fonatne

Twain  Walther von der Vogelweide  Fouqué  Friedrich II. von Preußen
Weber  Freiligrath  Frey

Fechner  Fichte  Weiße Rose  von Fallersleben  Kant  Ernst  Richthofen  Frommel

Fehrs  Engels  Fielding  Hölderlin  Eichendorff  Tacitus  Dumas
Faber  Flaubert

Feuerbach  Maximilian I. von Habsburg  Fock  Eliasberg  Eliot  Zweig  Ebner Eschenbach
Ewald  Vergil

Goethe  Elisabeth von Österreich  London

Mendelssohn  Balzac  Shakespeare  Dostojewski  Ganghofer
Trackl  Lichtenberg  Rathenau  Doyle  Gjellerup
Stevenson  Hambruch

Mommsen  Tolstoi  Lenz  Droste-Hülshoff
Thoma  Hanrieder

Dach  Verne  von Arnim  Hägele  Hauff  Humboldt
Reuter  Rousseau  Hagen  Hauptmann  Gautier
Karrillon  Garschin

Damaschke  Defoe  Hebbel  Baudelaire
Descartes  Hegel  Kussmaul  Herder

Wolfram von Eschenbach  Dickens  Schopenhauer
Bronner  Darwin  Melville  Grimm Jerome  Rilke  George

Campe  Horváth  Aristoteles  Bebel  Proust
Bismarck  Vigny  Barlach  Voltaire  Federer  Herodot
Gengenbach  Heine

Storm  Casanova  Tersteegen  Grillparzer  Georgy
Chamberlain  Lessing  Langbein  Gilm  Gryphius
Brentano
Strachwitz  Claudius  Schiller  Lafontaine  Kralik  Iffland  Sokrates
Katharina II. von Rußland  Bellamy  Schilling
Gerstäcker  Raabe  Gibbon  Tschechow

Löns  Hesse  Hoffmann  Gogol  Wilde  Gleim  Vulpius
Luther  Heym  Hofmannsthal  Klee  Hölty  Morgenstern
Roth  Heyse  Klopstock  Kleist  Goedicke
Luxemburg  Puschkin  Homer  Mörike
La Roche  Horaz  Musil
Machiavelli  Kierkegaard  Kraft  Kraus
Navarra  Aurel  Musset  Lamprecht  Kind  Kirchhoff  Hugo  Moltke
Nestroy  Marie de France

Nietzsche  Nansen  Laotse  Ipsen  Liebknecht
Marx  Lassalle  Gorki  Klett  Ringelnatz
von Ossietzky  May  Leibniz
vom Stein  Lawrence  Irving
Petalozzi
Platon  Pückler  Knigge
Sachs  Poe  Michelangelo  Kock  Kafka
Liebermann  Korolenko
de Sade  Praetorius  Mistral  Zetkin

Der Verlag tredition aus Hamburg veröffentlicht in der Reihe **TREDITION CLASSICS** Werke aus mehr als zwei Jahrtausenden. Diese waren zu einem Großteil vergriffen oder nur noch antiquarisch erhältlich.

Symbolfigur für **TREDITION CLASSICS** ist Johannes Gutenberg (1400 — 1468), der Erfinder des Buchdrucks mit Metalllettern und der Druckerpresse.

Mit der Buchreihe **TREDITION CLASSICS** verfolgt tredition das Ziel, tausende Klassiker der Weltliteratur verschiedener Sprachen wieder als gedruckte Bücher aufzulegen – und das weltweit!

Die Buchreihe dient zur Bewahrung der Literatur und Förderung der Kultur. Sie trägt so dazu bei, dass viele tausend Werke nicht in Vergessenheit geraten.

# Der seltsame Gast

Gustav Meyrink

# Impressum

Autor: Gustav Meyrink
Umschlagkonzept: toepferschumann, Berlin

Verlag: tredition GmbH, Hamburg
ISBN: 978-3-8424-9198-4
Printed in Germany

Rechtlicher Hinweis:
Alle Werke sind nach unserem besten Wissen gemeinfrei und unterliegen damit nicht mehr dem Urheberrecht.

Ziel der TREDITION CLASSICS ist es, tausende deutsch- und fremdsprachige Klassiker wieder in Buchform verfügbar zu machen. Die Werke wurden eingescannt und digitalisiert. Dadurch können etwaige Fehler nicht komplett ausgeschlossen werden. Unsere Kooperationspartner und wir von tredition versuchen, die Werke bestmöglich zu bearbeiten. Sollten Sie trotzdem einen Fehler finden, bitten wir diesen zu entschuldigen. Die Rechtschreibung der Originalausgabe wurde unverändert übernommen. Daher können sich hinsichtlich der Schreibweise Widersprüche zu der heutigen Rechtschreibung ergeben.

# Gustav Meyrink

## Der seltsame Gast

Kaiserin Maria Theresia von Österreich begann ihre Regierung unter den allerschwierigsten Verhältnissen. Bayern und Spanien waren offene, Frankreich und Preußen einstweilen noch ihre heimlichen Gegner; Sachsen stellte Ansprüche, und schließlich eröffnete Friedrich II. die Feindseligkeiten wider Erwarten als Erster mit seinem Einfall in Schlesien, das dann nebst den angrenzenden österreichischen Erblanden jahrelang der Schauplatz schwerer Kämpfe und wechselnden Kriegsglückes war. Als endlich 1745 der Friede zu Dresden zwischen Maria Theresia und Friedrich zustande kam, da waren nicht nur die Verluste an Land und Menschen für die Kaiserin überaus empfindlich, sondern es war auch das Reich, das sie schon von ihrem Vater, Kaiser Karl VI., im Zustande wirtschaftlichen Niedergangs übernommen hatte, nun in allen seinen Hilfsmitteln aufs äußerste erschöpft. Die Verwaltung war in größter Unordnung, und die Staatskassen waren leer.

Die mit der Neuorganisation der Wirtschaft und mit der Staatsschuldenverwaltung beauftragten Herren des Kaiserlichen Rates zerbrachen sich monatelang die gepuderten Köpfe über die Frage, wie da Abhilfe zu schaffen sei.

Auch Wilhelm von Haugwitz, der schon damals der Geheime Rat der Kaiserin und später lange Jahre hindurch ihr Erster Minister war, wusste trotz all seiner Gewandtheit nicht mehr, wie den sich überstürzenden Anforderungen an die Staatsfinanzen zu genügen sei.

Gewerbe und Ackerbau, Erziehungswesen wie militärische Reformbedürfnisse riefen allzu gleichzeitig um Hilfe. In dieser Zeit schier unübersehbarer Bedrängnisse meldete sich an einem Frühherbstnachmittag des Jahres 1746 der schon im Dienst des verstorbenen Kaisers ergraute kaiserliche Münzwardein Wenzel Hajek bei dem Grafen Haugwitz zu einer ausdrücklich in äußerst importanten Staatsangelegenheiten *immédiatement* erbetenen geheimen Audienz. Die höchst *étonnante* Affäre aber, die der ehrenergraute Herr Münzwardein Dero hochgräflichen Gnaden geneigtesten Ohren im Verlaufe dieser folgenreichen Audienz anvertraute, lässt sich in Kürze folgendermaßen wiedergeben:

Seit nun schon geraumer Weile, nämlich erstmals anfangs Junii hujus, letztmals aber heute, also am dritten Tage nach Quatember, sei in gemessenen Zeitabständen ein Mann von älterem, wohlanständigem Aussehen in der Kaiserlichen Münze erschienen mit dem Begehren, man möge ihm mitgebrachte, in einem verschabten Lederbeutel nicht mit eben sonderlicher Attention aufbewahrte und anher transferierte Klümpleins feinen Goldes in kurante Münz zu billigem Kaufsatze umwechseln. Vorgewiesenes Gold, in unregelmäßigen Formen und Größen geklumpt, doch allermeist von erbsen- bis walnussgroßem Aussehen, habe sich durchaus als solches vom allerfeinsten Strich erfunden und habe Kaiserliche Münze, unbeschadet gerechter Auswage, dabei allemal einen merklichen Gewinn getan, sonderlich in Ansehung fortschreitender Feingehaltsminderung der neugeprägten Taler ihrer Kaiserlichen Majestät. Am genannten heutigen Tage habe nun der sonderbare Gast zum dritten Male auf der Münz vorgesprochen, habe auch nach getanem Geschäft die Münz unbehelligt wieder verlassen. Es sei aber inmittels angestellter Recherchierung ohnschwer gelungen, Name und Stand des Geheimnisvollen alsbald zu eruieren, und heiße derselbe Ehrengott Friedrich. Seines Zeichens sei dieser ein Gasthalter und Badmeister zu Rodaun nächst hier bei Wien. Es sei auch in Summa das Gewicht bis anhero durch ihn an die Kaiserliche Münze gelieferten Feingoldes: zwei gute Pfund, acht Unzen und vier Grän. Und sei schwerlich zu denken, was Massen ein einfacher Badmeister zu solchen Schätzen auf gerechtem Wege sollte gekommen sein. Herr Wenzel Hajek, der Münzwardein, stellte nach derart pflichtschuldigst getanem Bericht hochgräflicher Weisheit alles weitere Verfügen in dieser kuriosen Affäre geziemend anheim; wolle aber nicht unerwähnt lassen, dass bei den mitunterrichteten Münzmeistern und -gesellen die einige Meinung sei, es möge dergleichen nicht mit gerechten Dingen zugehen, sondern es müsse der dubiose Goldbesitzer, wohl nicht ein Dieb und Galgenstrick, so gewiss ein Goldmacher sein und also wohl gar nicht mit des Teufels Hilfe zu seinen kostbaren Monatserträgnissen zu gelangen. Es sei dabei auch noch ein Umstand Erwähnens wohl wert und ihm, dem Wardein, sonderlich merkwürdig erschienen: Dass nämlich unter sotanen Goldklümpchen alle Male das eine und andere sich finde, darauf ein purpurfarbener Abschelf, einer winzigen Blüte vergleichbar, angetroffen werde, gleichsam zum Zeugnis jedes Mal gleicher Herkunft des Goldes. Sei ihm aber Natur und Wesen solcher rubinroter Anwucherungen unbekannt und lasse sich selbst mit dem Hämmerlein, unbeschadet des Goldes leicht abklopfen. Dieses etwa war der Bericht des Herrn Wenzel Hajek, den dieser dem Geheimen Rat an jenem verhängnisvollen Abend vortrug.

Graf Haugwitz bemerkte, nicht ohne einige Selbstgefälligkeit, mit Scharfsinn, dass dem guten Münzwardein eine dritte, und zwar die wahrscheinlichste Möglichkeit hinsichtlich des Geheimnisses entgangen war, welches den Badmeister aus Rodaun umgab. Dementsprechend hüllte er sich in eine sichtbare Wolke von Weisheit und verabschiedete den Münzwardein, indem er staatsmännische Absichten von besonderer Art erkennen ließ, in Gnaden.

Kaum war Hajek aus dem Palaste, als auch schon Graf Haugwitz zur Aufwartung bei seiner kaiserlichen Herrin sich die gewaltigste seiner italienischen Perücken überstülpte, hastig seinen Wagen bestieg und sich zur Hofburg fahren ließ. Da ihm dort das Vorrecht jederzeit unangemeldeten Zutritt zukam, so genügte sein Erscheinen, um die Kaiserin zu seinem alsbaldigen Empfang bereitzufinden.

Maria Theresia trug just ihr sechstes Kind, das vor kurzem geboren war, auf mütterlich wiegenden Armen, als Graf Haugwitz bei ihr eintrat. Sie empfing ihren Vertrauten in gnädigster Stimmung und streckte ihm lachend den Wickelprinzen zu einem Tätschelkusse entgegen. Franzl, ihr Gemahl, lag auf dem Teppich, wo er seinen schon etwas größeren Kindern als Reitpferd diente, und beide Majestäten, ohne sich in ihren Elternfreuden stören zu lassen, hörten mit wachsender Spannung seinen Bericht. Als aber Haugwitz bei Erwähnung eines möglicherweise aufgedeckten Falles von Goldmacherkunst angelangt war, da legte die Kaiserin ihren Säugling auf die geschweifte Boulekommode und rief: "Jesses Maria, Franzl, des wann so wär, ja da wären wir ja leicht aus allen Schwulitäten heraußen!"

Und Kaiser Franzl auf dem Fußboden nickte nachdenklich und sprach von unten herauf: "Nachender schon, Mairesl."

Da wurden die Mienen ernst, und das Ergebnis dieser ungewöhnlich geheimen Staatsratssitzung stand nach wenigen Minuten fest: Der Badmeister Ehrengott Friedrich aus Rodaun sei in unauffälliger Vorladung, etwa wegen fälliger Akzise, nächster Tage auf ein geeignetes Amt zu bescheiden, von dort aus aber stehenden Fußes unter Vermeidung allen Aufhebens, in die Hofburg zu verbringen woselbst ich Graf Haugwitz unter Beisein der allerhöchsten Personen einem scharfen Verhör unterziehen solle.

Ganz zuletzt, als von Akzisen und Gefällen die Rede war, kraulte sich Kaiser Franz ein um das andere Mal hinterm Ohr und sage nachdenklich: "Rodaun? Da ist mir doch so, als sei mir heuer schon einmal von Rodaun in Finanzsachen was untergekommen. Und was Angenehmes war es auch. Aber ich besinn mich jetzt nicht."

Und weil der Kaiser Franz sich nicht besinnen konnte, so achteten die besorgen Staatsoberhäupter auch nicht weiter darauf.

Pünktlich am dritten Tage darauf erhielt der Badmeister Ehrengott Friedrich zu Rodaun einen Revisionsbefehl zur Kaiserlichen Akzise in Wien und stand auch tags darauf zur anberaumten Morgenstunde als ein harmloser Biedermann vor seiner Behörde. Aber anstatt, dass der mürrische Schreiber ihn zu der erwarteten kurzen Nachweisprüfung an die Schranke winkte, standen auf einmal, wie aus dem Boden gewachsen, zwei gewaltmäßige kaiserliche Leibgardisten neben ihm. Und der Schreiber sah auch gar nicht von seinem Pult auf, als die Soldaten den Badmeister zur Tür hinausführten. Es ging nun über mancherlei Gänge zu einem hinteren Auslass, wo schon ein geschlossener Wagen zu warten schien. Trotz seiner hochgeschwenkten Akzisenpapiere schoben die Gardisten den immer noch völlig Überraschten in die Kutsche und sich daneben. Und fort ging's in scharfem Trab weiß Gott wohin, so dachte der Arme in seinem verängstigten Gemüt. – Jedoch sein Erstaunen wuchs, und Hoffnung sowie Furcht mischten sich immer wirbeliger in seiner Brust, als er sich endlich, nachdem der Wagen hielt, beim

Aussteigen einem hohen und edel getürmten Gemäuer von schloss-artigem Ansehen gegenübersah.

So betrat der die Hofburg, ohne sie zu erkennen und ohne seines Ratens ein Ende zu finden; aber schließlich besah er sich Treppen und Hallen, die er mit seinen Begleitern durchmaß und bemerkte, dass diese schwerlich zu dunklen Verließen führen konnten. Auch ward er schließlich in ein schön geschmücktes Zimmer geschoben, wo er plötzlich allein blieb. Seines Wartens war hier nicht lange. Eine Gegentür sprang auf, und ein gewaltig dreinblickender Herr unter riesiger Staatsperücke winkte eigenhändig den Verwirrten heran. Und als der gute Badmeister, dem Befehl folgend, das ansto-ßende Zimmer betrat, sah er sich auf einmal den beiden höchsten Majestäten so nahe gegenüber, dass er, wie um sich selbst vor dem Überdrange dieses betäubenden Eindrucks zu schützen, in die Knie sank und zitternd sein Gesicht bedeckte.

Die Überraschung war gelungen, wie geplant; jedoch gewannen die drei hohen Verschworenen aus dem Eindruck, den sie auf den Badmeister machten, alsbald die Überzeugung, dass der ehrsame Bürger, der da vor ihnen kniete, weder ein Galgenstrick noch auch ein geheimniskundiger Adept, sondern nichts als ein ehrsamer Wiener Kleinbürger sein könne. Sogleich gehegtes Vermuten also mit befriedigter Miene den Majestäten zunickend, trat Graf Haug-witz vor, hieß den Knienden sich erheben und fragte ihn mild und geradezu, in wessen Auftrag er denn das Gold in die Münze ge-bracht habe. Auch ermahnt er den rasch Begreifenden väterlich, im Angesicht der Majestät, als wie vor Gottes heiligem Sakrament, sich vollster Aufrichtigkeit zu befleißigen.

Ehrengott Friedrich, ebenso wenig ein Dummkopf wie befähigt, sich gewagter Rabulistik zu bedienen, begann alsbald gefasst einen treuherzigen, jedoch klug überlegten Bericht zu geben.

Das Gold, so sagte er, komme in Wahrheit aus dritter Hand und sei ihm nur zum Umtausch übergeben worden. Es sei aber der Be-sitzer ein gar feiner, wohlgetaner, ehrbarer und führtrefflicher Mann, durchaus von edler Art und sehr braver Gesinnung. Und könne er solches gegen jedermann gern bezeugen, da selber Herr seit allbereits fünf Monaten sein Logisgast in Rodaun sei und in dieser Zeit niemals und niemand Anlass zu irgendeiner Beschwerde

9

gegeben habe. Möge ihm auch vergönnt sein, anzumerken, dass dieser Herr, welcher sich Sehfeld nenne, vorgewiesenermaßen ein kaiserliches Patent innehabe, darinnen ihm als einem Landeskind und instriösen Chymisten die Herstellung von allerlei Farbwerk, zur Tuchfärberei schicklich, privilegiert sei; wofür Herr Sehfeld alle Monat pünktlich zweitausendfünfhundert Gulden Abgabe an die Wiener Hofrentei, bishero also bereits über zwölftausend Gulden, abgeführt habe.

Hier unterbrach den Badmeister ein Ausruf aus allerhöchst kaiserlichem Munde. Kaiser Franz klopfte sich plötzlich den Schenkel und sagte: "Jetza b'sinn ich mi!"

Und auf einen fragenden Blick seiner Gemahlin hin fuhr er fort: "Die Sache hat ihre Richtigkeit. Jenem Manne haben Wir vor einem halben Jahr durch Bittschrift nachgesuchte Gewerbeerlaubnis eines Chymisten zur Herstellung von allerlei Drogen bewillig und fanden Uns zu solcher Gnade um so liebreicher bewogen, als Uns sein Gebieten einer Nutzsteuer in soeben richtig genanntem Betrage, nämlich von dreißigtausend Gulden jährlich, nicht unanständig schien."

Und hier war es der Kaiser, der der Kaiserin einen recht bedeutsamen Blick zuwarf. Denn solche bis dahin nie erhörte Gewerbesteuer eines einzelnen Mannes erreichte bei geringem schier ein Zehntel aller derzeitigen Industriesteuern in den gesamten österreichischen Erblanden.

Der Badmeister, dem keineswegs entgangen war, wie sehr der Name Sehfeld Eindruck auf die Majestäten gemacht hatte, fand sich in dieser aufhorchenden Achtung wie neu gestärkt und fuhr darum, aufgefordert, in seinem Bericht um vieles zuversichtlicher und wärmer fort:

Übrigens sei der Herr Sehfeld zeit seines Aufenthaltes in Rodaun fleißig und still in seinem zu oberst unter dem Dach des Hauses eingerichteten chymischen Laboratorio, miemandes Feind noch Last, vielmehr ein mannigfacher Wohltäter der Bedürftigen und Bedrängten und also nach Wandel und Wirkung ein Vorbild edelster, christlicher Tugend.

Hierbei nun dringlich gefragt, was denn aber Sehfeld in gemeldetem Laboratorio arbeite und ob denn Herstellung und Vertrieb von Farben schon solchen Schwung und Umfang angenommen habe, dass davon Herr Sehfeld monatlich pünktlich zweitausendfünf-hundert Gulden absteuern könne? Und wieso denn endlich der Chymist für seine Drogen ungemünztes Gold und von welchem Handelsgenossen namentlich er solches eintausche? – Da erklärte Herr Ehrengott Friedrich allerdings ohne ferneres Zögern mit Auf-richtigkeit, dass ein solcher Handel mit Farben seines Wissens nicht stattgefunden habe; dass auch in jenem Laboratorio nie nichts ande-res von Herrn Sehfeld hergestellt worden sei, denn lauteres Gold, und zwar aus Zinn unter Beigabe einer winzigen Menge eines grau-en Pulvers in den Schmelztiegel.

Hier nun konnten sich die höchsten Herrschaften lebhaftester Bewegung und mehrerer Zwischenrufe nicht enthalten, welche alle aber Graf Haugwitz bald mit diplomatischem Lächeln zum Ver-stummen brachte, indem er den Badmeister höflich bat, doch alles, was er wisse, der Reihe nach und mit Sorgfalt zu erzählen. Zugleich schob der hohe Staatsmann mit eigenen Händen einen Sessel heran, darauf er leutseligst den Rodauner niederzusitzen nötigte, so dass sich der bezauberte Badmeister stracks als wie in den Schoß der kaiserlichen Familie selbst aufgenommen vorkam.

Und nun, hochklopfenden Herzens, berichtete er frisch von der Leber weg: "Herr Sehfeld, ein wohlerzogener Mann, an Jahren kaum höher als auf die Mitte der Dreißiger zu schätzen, das blü-hende gutblickende Angesicht von dunkelbraunen, natürlich ge-lockten Haaren umrahmt, der oberösterreichischen Mundart sich bedienend, von feinsten Sitten und aufmerksamem, ja liebreichem Betragen, sei gegen Ende des April zuerst in Rodaun gesehen wor-den; er habe, um das Bad zu gebrauchen, alsbald bei ihm Wohnung genommen und sehr die angenehme Lage und die wohltätige Stille des Ortes gegen ihn gerühmt. An solcher Anmut und Ruhe der Umgebung sei ihm, nächst seiner Gesundheit, auch bei vorhande-nen chymistischen und anderen Arbeiten sehr gelegen, und wolle er daher gerne ein Längeres in diesem Hause verweilen. Da alle Miet-bedingungen von dem neuen Gast ungesehen bewilligt wurden, so habe sich alsbald ein durch gutes Einvernehmen erfreuliches Zu-sammenleben ergeben.

Nun sei er, Friederich, leider seines Standes ein Witwer, und es führe ihm seine ältere Tochter Maria, eine Jungfrau bei zwanzig

11

Jahren, tüchtig und gewandt Haus und Wirtschaft, indessen Theresa, sein jüngeres Kind, der Schwester mit Eifer zur Hand gehe. Denn es seine beide Mädchen, ohne Rühmens gesprochen, zwei brave Dinger und seiner verstorbenen Hausehre liebste Hinterlassenschaft. Herr Sehfeld aber habe in seinem stets munteren, doch immer ehrbaren Wesen gegen die Kinder deren Zuneigung in dem Maße gewonnen, dass sie mit allerlei Handreichungen schier von erster Stunde ab gerne zu Diensten waren. Jedoch habe während all der Zeit allein Maria Zutritt zu Stube und Laboratorium des Chymisten gehabt, um dort das Nötige zu besorgen; und habe Herr Sehfeld sich von jeder anderen Person allen Zutritt strenge verbeten. Maria habe lange zu den Veranstaltungen des Mieters gänzlich geschwiegen. Sie sei dann im Laufe des Spätfrühlings des öfteren mit ihrer Schwester auf Bitten Sehfelds an schönen Tagen in die umliegenden Waldungen gelaufen, um nach seinen Weisungen gewisse Würzkräuter zu suchen und zu sammeln. Möge solche wohl der Laborant chymischen Studien halber gebraucht haben.

Endlich nach Ablauf der ersten vier Wochen, als die Miete fällig war, habe Herr Sehfeld den Badmeister zu sich gerufen und ihm einen alten, unscheinbaren Lederbeutel voll rohen Goldes gewiesen mit dem Bedeuten, er möge solches für ihn zu Wien in der Münz gegen kurantes Geld eintauschen. Da habe er den Beutel an sich genommen, und selben Abends noch habe seine Tochter Maria ihm zwischen Lachen und Fürchten erzählt, wie sie wenige Tage zuvor in Abwesenheit Sehfelds zur Stöberarbeit in dessen Wohnräume emporgestiegen, beim Eintreten einen Tiegel habe stehen sehen, auf dessen Grunde eine Schicht gediegenen Goldes glänzte. Neugier habe sie getrieben, das Metall mit dem Messer zu prüfen; da sei unterweilen Sehfeld zur Tür hereingetreten und habe lächelnd ihr Unterfangen wahrgenommen. Habe auch unbefangen Anwesenheit und Herkunft des Goldes erklärt und ihr also frei gestanden, dass er ein Adept der hermetischen Kunst und des Goldmachens Meister sei; habe aber auf das herzlichste lachen müssen, als Maria ihn, banger Sorge voll, um die Mitwirkung der höllischen Mächte bei solchem Werke befrug; und habe er ihr erklärt, dass von derlei Ammengruseln keine Rede sei, sondern das Werk sich allein aus Kenntnis und Kraft der Natur vollende. Dabei habe er ein beinernes Büchslein hervorgezogen und ihr darinnen ein graues Pulver gewiesen, sagend, dies allein sei die Seele des Werkes; und sei solches nicht böse noch fromm, sondern das köstliche Geheimnis königlicher Wissenschaft, wie es freilich gemeinhin nur guten Menschen überkommen sei. Gestand ihr auch freundlich zu, ihr bei Nächstem die Verwandlung des Metalls vor eigenen Augen zu weisen.

Von der Zeit ab waren Maria und Sehfeld in ein neues Verhältnis zueinander getreten. Maria war nun vielmehr seine eifrige Laborantin, als bloß seine Stubenbesorgerin. Und unschwer ließ sich aus den weiteren Worten des Badmeisters entnehmen, dass zwischen dem tinkturkundigen Adepten und Herrn Friedrichs Tochter Maria mit der Zeit ein rechtes Zutrauen und so viel Freundlichkeit sich müsse angesponnen haben, als nur zwischen einem solch ehrbaren Herrn und einer so tugendhaften Jungfrau zu mutmaßen möglich sei.

Es sei nun aber etwas über einen Monat, so erzählte der Badmeister weiter, dass er selbst zum ersten Male, auf Wunsch seiner Tochter und ausdrücklicher Einladung des Herrn Sehfeld, Augenzeuge des geheimnisvollen Vorganges geworden sei, sintemalen seinem Kinde alles daran gelegen habe, ihn, ihren Vater, zur leiblichen Bestätigung dafür anzurufen, dass bei dem Werke des Freundes gewisslich nichts Unrechtes und der heiligen Religion Widerwärtiges mit unterlaufe. Könne er solches also Kaiserlichen Majestäten auch aufs Kruzifix zusichern, soweit sein Wissen und Werken reiche.

Der drei huldvoll und geduldreich lauschenden hohen Häupter hatte sich nun doch eine lebhafte Bewegung bemächtigt, und Maria Theresia rief erregt: "Was meinst, Franzl, den Teufel wollten wir wohl gering achten, so in dem Tiegel des Goldmachers steckt, da wir ja genugsam gelernt haben, uns mit dem Teufel herumzuschlagen, der in dem Potsdamer Fritz wohnt!"

Und Kaiser Franz, mit Rücksicht auf den Untertanen, der da bei ihm saß, erwiderte mit Haltung: "Ganz Eurer Liebden Meindung. Und müsste der Goldteufel wenigstens auf alle Fälle Eurer Apostolischen Majestät segenbringende Hand zu einem gehorsamen Mehrer des Reiches gezwungen werden."

Wonach Graf Haugwitz sich räusperte und sich Erlaubnis zu der Frage an den Badmeister ausbat: Wie denn der Vorgang der Metallverwandlung gewesen sei?

Darauf Herr Friedrich erklärte, dass Sehfeld in seinem beinernen Büchslein, so er ständig auf dem Leibe trage, benebst dem schon vermeldeten grisen Pulver ein silbern Löffelein, knapp von eines Ohrlöffels Größe, aufbewahre. Damit habe er ein paar Stäubchen des Pulvers aufgenommen, selbe auf ein kleines, zwischen den Fingern breitgedrücktes Wachsblättlein abgestrichen, sodann das Wächslein eingefaltet und zum Kügelchen gedreht und solches endlich auf das inmittels überm Feuer flüssig gemachte Zinn geworfen. Alsbald habe da das Zinn zu schäumen und sich wild zu bewegen begonnen; es sei ein rötlicher, endlich ein tief purpurroter Schein als wie von einer Oxydation darüber geflogen; die ganze kochende Masse sei wie in Glut geraten, und nachdem in solchem Zustande des Metalls der Adept selbiges auf eine kalte Basaltschale ausgegossen, sei das Magma in rascher Abkühlung bald wieder zu rötlichem, dann gelbrötlichem, endlich zu rein goldfarbenem Glanze verblasst und das umgegossene Zinn habe als schieres Gold im Troge gelegen.

"Ob da kein Blendwerk, Taschenspielerei noch einige sonst denkbare Betrügerei dabei gewesen sein könne? Als da schon viele getan haben, so die Tiegel vertauschen, darinnen sie das Gold zuvor bereithalten, oder Gold unter das unedle Metall mischen, oder mit Stäbchen umrühren, die mit Gold gefüllt sind, und dergleichen mehr?"

Aber da erhob sich Ehrengott Friedrich stracks von seinem Stuhle, trat frei und keck vor die erstaunten Majestäten und rief: "Ich schwöre es bei dem Leibe Christ. Und wenn der liebe Gott vom Himmel herabkäme und spräche zu mir: Friedrich, du irrst, Sehfeld kann kein Gold machen, so wollte ich antworten: Du lieber Gott, es ist doch gleich wohl wahr und ich davon so gewisslich überzeugt, als dass du mich erschaffen hast!"

Da sahen die hohen Herrschaften einander höchst betroffen an, und Kaiser Franz sagte halblaut: "Sind auch dreißigtausend Gulden jährlich für Farbenmischen eine sehr unverhoffte Libation."

"Aber," sagte Maria Theresia plötzlich mit scharfem Ernst, "fürs Goldmachen sind sie eine allzu listige Abfindung, ja eine fast freche Hintergehung kaiserlicher Gerechtsame!"

Graf Haugwitz lächelte. Badmeister Friedrich erschrak an dem veränderten Ton. Jedoch es war zu spät. Plötzlich war die trauliche Unterhaltung mit Kaisers aus. Eiskalte Luft war im Raum. Haugwitz öffnete die Tür und winkte dem betroffenen Gast wie zuvor. Mit unbeholfenen Bücklingen zog sich dieser zur Tür und katzbuckelte sich dort seinen zwei Leibgardisten wieder in die Arme, die ihn hergebracht hatten. Sie nahmen ihn in Empfang, führten ihn durch endlose Gänge und über viele Treppen, und schließlich fand er sich in einem bescheidenen, wenn auch nicht unfreundlichen Raum. Darinnen deuteten ein wohlgedeckter Tisch und ein frischgezogenes Bett einladend auf längeren Aufenthalt hin. Die Tür fiel hinter ihm ins Schloss, zwei Riegel rasselten vor, und Herr Ehrengott Friedrich war mit einem Kruge Wein und reichlichem Imbiss allein gelassen.

Im Hause des Badmeisters Friedrich zu Rodaun hatte sich inzwischen ein anderer folgenreicher Handel, fast zugleich nach dem Abgange des Hausvaters, angesponnen. Und er hatte just zur selben Stunde, als Vater Friedrich sich in der Hofburg auf jenem behaglich zugerichteten Zimmer gefangen fand, gleichfalls mit einer Art von Verhaftung sein Ende genommen. Dabei war nur ein geringer Unterschied. Denn während dort der gefangene Vater bei allem Wohlsein von ziemlichen Zweifeln peinvoll in seinem Gemüte bewegt wurde, fühlte sich hier in Rodaun seine Tochter Maria trotz der Gefangenschaft, in die sie geriet, vielmehr auf einmal aller Zweifel ledig und recht gestärkt und beglückt in ihrem Herzen.

Der Gang der Ereignisse war hier dieser:

Kaum hatte in der Frühe der Badmeister sich auf den Weg nach Wien gemacht, um der amtlichen Vorladung des Akzise-Amtes zu genügen, so kam Sehfeld, gleichfalls zu einem Ausgange gestiefelt, die Treppe herab, klopfte im Vorbeigehen an das Stüblein der liebenswürdigen Haustöchter und bat Maria, bei ihm oben nach schon gewohnter Weise Tiegel und Kolben zu richten zu einem allbereits vorbereitetem Experiment. Sie möge dabei auch, fügte er beiläufig hinzu, seines beinernen Büchsleins Acht haben, das er oben unverwahrt habe stehen lassen, wie ihm jetzt eben erst zu Sinne komme. Und damit ging er hinaus.

Maria, da sie ohnedies nirgends im Hause mehr so gerne verweilte als in den Räumen des angenehmen Gastes, flog alsbald die Treppe hinauf. Aber Theresa, die schelmische Schwester, hing sich ihr an die Schürze und schmeichelte ihr ab, dass sie ihr an die Hand gehen dürfe. Unter mancherlei Neckereien besorgten die Schwestern so die Arbeit zusammen. Als aber Theresa das beinerne Büchslein, welches Herr Sehfeld noch niemals aus der Hand gegeben hatte, so achtlos auf den Tisch geworfen fand, bedrängte sie erst scherzend, bald jedoch stürmischer und unter Zuhilfenahme von allerhand Koboldereien die Schwester, ein Weniges von dem grauen Pulver auf das schon zubereitete Zinn zu werfen und also einmal das Goldmachen auf eigene Faust zu versuchen. Ungern, am Ende aber von Übermut und Neugierde der Schwester angesteckt, ging Maria auf das vorwitzige Unternehmen ein. Sie bereitete also in fliegender Eile alles Nötige, so, wie sie es dem Meister der Kunst abgesehen hatte, schürte das Feuer, stellte den Zinntiegel darauf und wartete, dass es koche. Endlich hob sich das flüssige Zinn, und der Augenblick schien gekommen. Maria schraubte das beinerne Büchslein auf, fand auch das silberne Löffelchen darinnen, bereitete Wachs zwischen den zitternden Fingern und streifte ein Weniges von dem Pulver darüber, knetete das Kügelchen und warf es auf das brodelnde Metall. Aber umsonst steckten sie die neugierigen Näschen über dem Tiegel zusammen, das Wachs schmolz und schwand in einem Nu, aber das Zinn blieb Zinn. Ein zweites Wachspräparat besserte die Sache keineswegs, und als die beiden Mägdlein gar ein ganzes Löffelchen voll von dem grauen Pulver geradewegs auf die Masse streuten wie Zucker auf einen Gugelhupf, da tat es in dem flüssigen Magma einen nicht geringen Knall, und das Zinn färbte sich mit einem Male pechschwarz. Mit einem hohen Schrei des Entsetzens fuhren die naseweisen Schwestern zurück, und im Begriff, in kopfloser Angst aus dem Zimmer zu stürzen, liefen sie dem soeben still ins Zimmer tretenden Sehfeld an die Brust. Nun waren Not und Beschämung doppelt groß. Aber Herr Sehfeld erwies sich liebreicher denn je, lachte herzlich zu dem kecken Unterfangen der angehenden Adeptinnen und erklärte, die Sache habe schon ihre Richtigkeit: Das Zinn verbrenne, wenn ihm unberufene Hand die Verwandlung zumute; und wo nicht die Hand des Meisters allein, da vermöge höchstens noch diejenige Hand den Zauber der Goldmacherei zu bewirken, die jener des Meisters lieb und wert und für immer anvertraut sei. Und, so fuhr er fort, indem er Marias Hand fest in der seinen hielt und sie gar sanft streichelte, und wenn diese zarte, liebe Hand sich solcher unauslaßlicher Vorbedingung zu aller Hexerei nur fügen wolle, so sei er gewiss, dass ihr noch zu dieser Stunde das hohe Gelingen nicht fehlen werde. Unter solchen und ähnlichen Scherzreden und gleichwohl nur schlecht versteckten zarten Andeutungen, die der tief erröteten Maria wunderlich angenehm zu Sinne gingen, hatte Sehfeld das beinerne Büchslein vom Tisch genommen, es wie spielend in seine Tasche gesteckt, und zog es nun wieder ebenso, wie beiläufig und in Gedanken, hervor. Er warf dabei zuerst auf Maria und dann auf das Büchslein einen bedeutenden Blick und sagte: "Was nie in unrechte Hände kommen darf, das müssen treue Hände wahren." Und damit nahm er den Deckel ab, tat eine Spur des Pulvers auf Wachs und übergab das geschlossene Kügelchen dem Mädchen.

"Gehet nun, ihr beiden lieben Kinder," sagte er lächelnd, "nehmet nicht mehr und nicht weniger als ein Lot Zinn und erhitzt das Metall in diesem Tiegel drunten bei euch in eurer eignen Küche. Es wird euch diesmal auch ohne mich die Kunst gelingen. Aber eines muss dabei zuvor versprochen sein: Ihr, liebe Jungfrau Maria, müsset aus dem gewonnenen Golde zwei Ringlein machen lassen zu Wien, eines für mich und eines – eines für die, die mir hold ist."

Maria nahm das Wachs mit bebender Hand, schaute hell zu Sehfeld auf, und im nächsten Augenblick waren die zwei Schwestern wie gejagt zur Türe hinaus.

Noch denselben Mittag machten die beiden Mädchen mit Herzklopfen das neue Experiment, und alle bangen Zweifel schwanden in dem raschen Erfolg. Die Schwestern brachten schon nach einer Stunde, scheu beglückt, das gewonnene Gold ins Dachstüblein hinauf, und Sehfeld nickte erfreut. Dann aber bat er Therese, ihre Schwester Maria auf eine kleine Viertelstunde allein bei ihm zu lassen, da er ihr Wichtiges zu vertrauen habe. Therese, zwar ein wenig schmollend, doch klug begreifend, ging hinaus, und Sehfeld schloss sich mit Maria im Laboratorium ein.

Es war mehr als eine Viertelstunde vergangen, als Maria das Laboratorium wieder verließ. Und es war ein anderer Mensch, der aus der Türe hervorkam. Liebreicher und herzlicher zur Schwester als je, war und blieb sie doch von nun an still, ernst und wie geweiht von einer sonderlichen Festigkeit. Aus dem frohen Wiener Mädel war plötzlich ein starkwilliges Weib geworden, innerlich bereit und wie berührt vom Hauche des Schicksals.

Der Vater war zu Mittag nicht, wie erwartet, heimgekehrt. Das konnte nicht weiter auffallen, denn gerne pflegte der Badmeister in Wien mehrere Geschäfte zu verknüpfen, und so war seine Rückkunft nicht vor dem Abend wahrscheinlich.

Als daher am späten Nachmittag die beiden Mädchen zum Walde hinüberstreiften, um für Sehfeld, wie schon seit langem, allerlei Kräuter und Wurzeln zu sammeln, versahen sie sich nicht bei geringstem der Wendung, die den Ereignissen dieses Tages noch beschieden war. Theresa suchte ihre Schwester auf alle Weise um ihre lange Zwiesprache mit Sehfeld auszufragen. Umsonst. Nicht einmal so viel erfuhr sie, ob es denn zwischen Sehfeld und ihr zu einem richtigen Verspruch gekommen sei. Maria, die sich im Walde vor den ersten Heilkräutern, die sie fand niederwarf, sage nur mit dunkel zweideutiger Stimme: "Lieb's Theresel, auch uns Mädchen lässt der liebe Gott wachsen wie's Heilkraut. Mancher brave Mann geht aus, es zu suchen und find's auch; und ist ja gar bei weitem noch nicht ausgemacht, dass er's je wird brauchenmögen zum Goldmachen!"

Dies schien dem Theresl eine schier verwirrte Rede, und murrend ließ sie sich bei der Schwester nieder und stach Wurzeln.

Es dämmerte schon, als die beiden Schwestern in der Richtung gegen Wien wieder aus dem Wald traten. Es war ein ungewöhnlich warmer und klarer Spätsommerabend und Wochenende. Daher zogen jetzt, am Feierabend, die Burschen von Rodaun in Gruppen zum Ort hinaus, singend und zu jeglichem Mutwillen aufgelegt.

Die beiden Badmeistertöchter hatten Töpfe und Körbchen mit Tüchern bedeckt und eilten nun zwischen den Gärten dem väterlichen Hause zu, gewillt, möglichst ungesehen und unbehelligt dorthin zu gelangen. Aber es missriet ihnen. Plötzlich sahen sie sich umringt von den lärmenden Gesellen. Vergebens strebte Maria, sich aus den überall nach ihr ausstreckenden Armen zu befreien. Über dem Gezerre fiel ihr das Kopftuch in den Nacken, und im letzten Abendlichte erkannten die Burschen des Badmeisters Töchter. Theresa, in dem allgemein anhebenden Hallo auf einen Augenblick unbeachtet und katzengewandt, entrann. Aber Maria blieb festgehalten.

"Oho," rief der Übermütigste aus der Schar, zudem des Gastwirtes zum "Goldenen Hirschen" Ältester, der dem Badmeister Friedrich wegen der Gastkonzession sowieso nicht grün war, "oho, Badmeisters Maria, woher sind da für Zauberdinge drinnen? Etwa Springwurz und Alraun? Oder grüngoldene Eidechsen und schwarzgelbe Salamander zum Auskochen und Salbenmachen?"

"Ich bitt euch," sagte Maria mit verhaltener Angst. "Macht keinen Lärm! Bin ich denn eine fahrende Dirne, dass ihr mich hier so festhalten wollt? Mein Vater ist in Wien, und weil er spät außen blieb, sind wir ihm entgegengegangen." Dabei sah sie sich nach Theresa um, fand sich aber allein.

"Nichts da," riefen die Burschen durcheinander, "du kamst nicht von Hause, sondern aus dem Wald! Noch einmal: hast du nicht Zauberkräuter gesucht für den Hexenmeister, der bei euch wohnt? Oder hast du Irrlichter für ihn gefangen?"

Während dieser Worte hatte der Bursche sich hinter Maria geschlichen und riss ihr jetzt das Tuch vom Körbchen. Da war denn in der Tat die Kräutersuche offenbar.

"Um der allerheiligsten Jungfrau willen," rief Maria, die nicht mehr wusste, wohin sie sich wenden vor den Augen ringsum, die ihr so lustig und doch so schreckhaft entgegenleuchteten, "wo soll ich denn gewesen sein? Freilich auch im Walde und Kräuter pflücken, wie sie der Vater zu Heilbädern braucht! Haltet doch ein, ihr unsinnigen Buben, ist denn mein Vater ein Hexenmeister?"

"Der freilich nicht," schrieen die Burschen mit hellem Lachen durcheinander, " aber sag' es uns doch auf der Stelle, Maria: Euer

Hausgast, der Sehfeld, der ist einer! Und das mindeste, was er kann, das ist, dass er des Nachts aus dem Schornstein fliegt, nicht wahr, und mit dem Teufel zum Blocksberg fährt?"

"Goldmachen kann er," schrillte eine hohe Bubenstimme dazwischen, "das weiß ich vom Seppl und vom Knecht, die Marias Vater den Beutel mit den goldenen Kieselsteinen hat sehen lassen!"

"Und so er Gold machen könnte," rief Maria mit erwachendem Zorn in den Burschenlärm, "was wäre es anders als ein Zeichen seiner Hoheit und Weisheit weit über all euer dummes Gelächter hinaus?!"

"Gold! Gold!" riefen nun alle durcheinander. "Hast du was davon bei dir? Zeig' doch her von eurem Hexengold, wir wollen gleich sehen, ob es echt ist?!"

"Nicht Gold habe ich bei mir," entgegnete die Geängstigte, "aber vielleicht eine Springwurzel aus seiner Hand, die euch blind und bucklig macht, wenn ich euch damit anrühre."

Und durch den verzweifelten Entschluss, sich freien Weg zu schaffen, verwegen gemacht, griff sie aufs Geratewohl in ihren Korb und zog ein Kräuterbüschel hervor, das sie blindlings der zudringlichen Gesellschaft entgegenstreckte. Die Burschen, kindisch und abergläubisch bei all ihrem Spott, fuhren zurück, und Maria hätte nun nach Wunsch offene Bahn vor sich gehabt, hätte nicht in diesem selben Augenblick ein neues Ereignis ihr Fuß und Straße verstellt.

Von der nahebei einmündenden Wiener Landstraße her erscholl Pferdegetrappel. Zugleich erglänzte es in anhebendem Mondlicht von Helmen und Bandelieren, und ein kleiner Reitertrupp näherte sich rasch den Streitenden.

Die eben noch so übermütigen Burschen wollten sich zur Seite drücken, aber ein lauter Kommandoruf hielt sie fest, und ein strengblickender Offizier ritt in den Kreis.

"Was soll hier der Nachtschwärmerlärm? Was bedeutet das Geschrei von Gold und Springwurz, das mir deutlich zu Ohren drang?" fragte barsch der Offizier, dessen Pferd dicht vor der erschrockenen Maria tänzelte, aber auch dem Buben des Hirschwirts den Weg vertrat.

"Da könntet Ihr es gar nicht besser getroffen haben, gestrenger Herr," rief dieser frech, jedoch mehr aus Angst bestrebt, von der gefürchteten Scharwache loszukommen, als seiner feigen Angeberei bewusst, "hier dieses Mädel, Badmeister Friedrichs Tochter, hat uns gestanden, dass der Gast ihres Vaters Hause das Goldmachen verstehe. Und mit der Springwurz, die sie für ihn gräbt, will sie uns verhexen!"

Der Offizier tat einen Pfiff. Die Rumorwache trabte heran. Im nächsten Augenblick war die Gruppe umstellt. "Du bist des Badmeisters Friedrich Tochter, mein Kind?" frug nun der Offizier zu Maria herab. Diese, unfähig sich zu rühren, brachte kaum ein leises "Ja" hervor.

"Und wie nennt sich der Gast in deines Vaters Haus?"

"Sehfeld, gestrenger Herr!" antwortete sie.

"Und ein Hexenmeister ist er!" rief der Hirschwirtsohn.

"Halts Maul, Bürschel! Oder sollen wir dich mitnehmen zur peinlichen Frage, wo du deine Wissenschaft her hast?" drohte der Offizier. Da wurde es mucksmäuschenstille im Kreise der schon wieder kecker tuschelnden Burschen.

Zu Maria gewandt, sagte der Anführer in merklich sanfterem Tone: "Fürchte dich nicht, mein schönes Kind, dir geschieht nichts. So wenig wie deinem wackeren Vater. Führe uns nun aber zu eurem Haus. Wir haben eine Botschaft an den Herrn Sehfeld auszurichten." Und als er das neue Erschrecken Marias wahrnahm, fuhr er fort: "Und auch diesem gilt es nur in Güte und in Ehren."

Maria, nur wenig in ihrer Angst und Beklommenheit getröstet durch diese Ansprache des Offiziers, musste sich nun wohl fügen, an der Seite des Reiters dem Zuge voranzuschreiten, von dessen Weg sich indessen die sonst so neugierigen Rodauner Burschen merklich abrückten und bald lautlos in alle Winkel und Seitengäßlein verschwanden. So kam die Rumorwache allein und lautlos, von Maria geführt, bei des Badmeisters Hause an.

Das Haus lag in Dunkelheit. Nur oben unterm Dach strahlte ein Giebelfensterlein ein ruhiges Licht in die Nacht hinaus. Das war Sehfelds Arbeitszimmer, und Maria schaute angstvoll nach einem Zeichen empor.

In diesem Augenblick schlug das Gartenpförtchen, das mit der Hintertüre des Hauses durch einen kurzen Gartenweg verbunden war, und eine helle Mädchenstimme rief in unverkennbarer Angst: "Maria! Maria! Was haben dir die Buben getan?" Und mit einem heftigen Aufschrei und allen Gebärden des Schreckens und der Besorgnis flog ihr Theresa auf eine sehr natürliche Weise an die Brust.

Der Herr Offizier, beim ersten Ru zu Misstrauen erregt, befahl seinen Leuten die sofortige Umzingelung des Hauses, damit nicht etwa durch den Schreckensruf gewarnte Hausinsassen den Weg ins Freie suchen möchten. Dann wandte er sich den beiden Mädchen zu und erfuhr mit kurzer Frage bald, dass Theresa, soeben selbst erst dem Schwarm der bösen Burschen entronnen, auf Umwegen nach Hause gerannt sei, ihr Kräuterkörbchen nur eben in der Küche abgestellt und sich in Angst um die Schwester soeben wieder auf den Weg habe machen wollen, um etwa mit Hilfe der Nachbarn dieser erneut beizustehen.

Dieses alles trug sie auf das natürlichste und wie von selber vor. Die Frage, ob Herr Sehfeld im Hause sei, wurde mit dem Hinweis auf das erleuchtete Giebelfenster bejaht; dagegen die weitere Frage mit fast erschrockenem, merklichem Bedauern verneint: "ob Theresa nicht inzwischen Herrn Sehfeld gesprochen und etwa gewarnt habe?"

"Gewarnt? Wovor? – Um Gottes willen! Soldaten! Ja, was sich denn begebe? Maria von der Rumorwache geleitet?! Da sie die Schwester doch nur von den Jungburschen belästigt geglaubt habe?!"

All das sprudelte in sichtlich immer neuem Erschrecken aus Theresa hervor, und der nicht ungütige Offizier hatte nun noch viel mehr die kindliche Theresa als vorher ihre Schwester Maria zu beruhigen. Seine Genugtuung, der großmütige Beschützer zweier unschuldiger, dabei so ungemein hübscher Mädchen zu sein, befestigte sich bei ihm völlig, als nun oben das Giebelfenster aufgestoßen wurde und eine ruhige Stimme herunter frug: "Jungfer Theresa, ist sie es, die da unten um Hilfe ruft? Was gibt es?"

Der Offizier bedeutete streng die beiden Mädchen, zu schweigen; ritt vor, gab zugleich seinen Leuten ein Zeichen und rief hinauf, ob er die Ehre habe, mit Herrn Sehfeld zu sprechen, so werde er gerne den Tumult aufklären.

Indessen nun die Soldaten fast geräuschlos ins Haus eindrangen, gelang es dem umsichtigen Offizier leicht, seinen gesuchten Mann mit höflichen Reden oben am Fenster festzuhalten. Die Komplimente flogen wechselseitig empor und herunter, und der kostbare Gast blieb sichtlich ahnungslos. Da endlich sah der Reiter unten seine Soldaten hinter Sehfeld am hellen Fenster auftauchen, sah, wie Sehfeld sich überrascht umkehrte und sich von den eingedrungenen Mannschaften umgeben fand. Der Überfall war vollständig nach Wunsch gelungen. Der rare Vogel saß, unvorbereitet und unbeschädigt, in der Falle.

Jetzt sprang auch der Offizier vom Pferde, überließ die Schwestern, die, in stummer Angst sich umarmt haltend, eine schöne Gruppe des Erbarmens darstellten, sich selber und eilte ins Haus.

Oben fand er die Lage ganz nach Wunsch. Sehfeld stand sichtlich ratlos, wenn auch mit großer Würde und gefasst, inmitten der Soldaten, die ihn keinen unbeobachteten Blick, geschweige denn eine Bewegung oder einen Schritt tun ließen. Und siehe da, zwischen Tiegeln und Retorten, kaum versteckt, erspähte der Offizier alsbald das beinerne Büchslein, davon ihm in seiner Instruktion genauester Beschrieb gemach worden war und ohne welches nach Wien zurückzukommen er sich nicht unterstehen sollte. Er griff danach und sah von der Seite her, wie Sehfeld merklich zusammenzuckte. Befriedigt schob er das bleischwere Ding in seine Tasche.

Alles übrige erledigte sich rasch und bei allergrößter Höflichkeit, doch mit militärischer Bestimmtheit und Kürze.

Wenige Minuten nun harrten unten die beiden Schwestern, umschlungen und zitternd, von zwei Posten am Fleck ihrer Begegnung festgehalten. Da kam es im Hause polternd die Stiege herab, und Sehfeld trat im Geleite des Offiziers und der Soldaten heraus.

Als er die beiden Mädchen ansichtig ward, blieb er stehen und schaute Maria aufrecht und fest in die Augen.

"Mit Vernunft, Herr Offizier," sagte er, "ein paar Worte zu diesen erschrockenen und unschuldigen Kindern." Und leicht und freimütig zu ihnen gewandt, fuhr er fort: "Ihr müsset nichts Schlimmes von mir denken, liebwerte Jungfern. Keine Büttelwache, wie ihr sehet, sondern ein sehr ehrenvolles Geleite entbietet mich von hier. Darum merket euch und saget so dem Vater und allen Ehrbaren, die nach mir fragen: die Meinung der hohen Herrschaften, so mich berufen, ist: sie haben mir diesen ehrenwerten Herrn Offizier gesandt, dass nicht in unrechte Hände käme, was treue Hände wahren."

Diese Anrede dünkte den Anführer der Rumorwache allerdings ein wenig hochtrabend und kauderwelsch, indessen so ziemlich nach Art der geschraubten Sprechweise, wie sie bei Marktschreiern und Scharlatanen gewöhnlich. Er achtete also darum nicht weiter darauf und wehrte nur etwas verspätet und erstaunt dem Mädchen, das in sichtlich hoher Gemütsbewegung plötzlich vorsprang und dem stolzen Häftling die Hand küsste.

Mit diesem Dazwischentreten des Offiziers war jeder weiteren Zwiesprache ein Ende gesetzt, und kaum noch konnte Sehfeld im Weitergehen seinen Begleiter so laut fragen, dass die Mädchen hören mussten: "Und wie lange noch wird mein ehrbarer Wirt zu Wien in Haft bleiben?"

"Keine Stunde länger, mein Herr," antwortete diese gemessen, "als Ihr selbst in Wien an Ort und Stelle sein werdet. Ist Euch also so sehr an Beruhigung und Wohlergehen Eurer Wirtsleute gelegen, so folget mit nun ohne weiteren Verzug. Könnet Ihr reiten?" Sehfeld bejahte lächelnd und bestieg sogleich ein ihm vorgeführtes Pferd. Im Nu saß die Rumorwache im Sattel. Der Offizier winkte mit der Hand zu den Mädchen herab: "Lebet wohl, schöne Kinder. Morgen früh kehrt euer Vater heim. Vergesset den kleinen Schreck und seid getrost. Vorwärts!" Damit stob die Kavalkade von dannen.

Maria, auf Theresa gestützt, schaute den Dahinjagenden regungslos nach. Sie presste mit ihrer Hand die Schulter der Schwester mit so eisernem Druck, das diese heftigen Schmerz fühlte; doch hielt sie still. Erst nachdem der letzte Ton und Hufschlag schon geraume

Zeit in der Nacht verhallt war und auch sonst kein Laut mehr die nächtliche Stille unterbrach, ließ Maria die Schwester los, und ihre Spannung löste sich. Sie tastete mit raschem Griff an ihren Busen. Dort fühlte sie zitternd, was Theresa ihr bei der ersten stürmischen Umarmung in den Ausschnitt ihres Kleides geworfen hatte. Sie schob es mit nachbebender Angst noch tiefe zwischen die jungen Brüste und führte die Schwester wortlos ins Haus.

Am folgenden Tag kam der Badmeister aus Wien zurück. Er warf den aufgestutzten Hut samt der fuchsigen Sonntagsperücke von sich, wischte sich umständlich die Glatze und rief:

"Das war ein schlimmer Gang auf die Kaiserliche Akzise, nimmer möchte ich solch einen noch einmal tun! – Es ist doch, als ob der Gottseibeiuns leibhaftig in dem verwünschten Golde säße! Jeden, der davon hört, jucken die Finger. Und hat einer von Gott die Gewalt dazu, so möchte er schon lieber die halbe Welt am Galgen sehen, als einen anderen im Besitze der Tinktur! Jedes mal, wenn der Herr Sehfeld das Zinn im Tiegel zergehen ließ und dann sein eingekügeltes Pulver darauf warf, dass das schlechte Metall aufwallte und im Purpurschein zum guten Golde ward, floss mir's über den Rücken wie Teufelskribbeln und heimliches Grauen! – Und Euch Mädeln am Ende nicht auch? Jetzt hat sich's gerächt!"

Und nun erzählte er seinen Töchtern unter vielen Anrufungen Gottes und der Heiligen sein Abenteuer zu Wien; unterließ auch nicht, seine Vertraulichkeit mit den Majestäten Heiligen Römischen Reiches recht gravitätisch ins Licht zu setzen, jedoch auch Willkür, Gewalttätigkeit und tückischen Abbruch der Audienz zu erwähnen, sowie dass er erst an diesem Morgen die Riegel seines sonst bequemen Quartiers habe schieben hören, worauf er denn, sonder Gruß noch Frühstück, recht wortkarg hinausgeleitet und außerhalb der Burg in einem dunklen Gassenwinkel abgesetzt worden sei. Es wundre ihn jetzt bloß, was für Kunde von dieser seltsamen Inquisition an Herrn Sehfeld gelangen werde.

Die beiden Mädchen hatten dem Gepolter und der Redelust des Vaters still und bleich zugehört, und er hatte ihr schweigendes Betragen auf den Schreck über die späte Heimkunft und seine Nachrichten gedeutet. Jetzt erst sagte Maria müde und mit einem finsteren Spott: "Eure Heimkehr, lieber Herr Vater, hat Herr Sehfeld bezahlt, den sie in dieser Nacht auf Euren so treuen Bericht hin nach Wien geholt haben!"

"Was," rief Herr Friedrich, "der Herr Sehfeld ist fort? – Dass ich mir das nicht habe gleich denken können – !"

"Fort ist er mit der Rumorwache. Und so werden wir ihn wohl kaum so bald wiedersehen," sagte Maria und schaute den Vater lange und traurig an, dass diesem recht unbehaglich zumute ward und er verlegen unter sich sah.

Dann erzählten Maria und abwechselnd auch Theresa dem Vater die Vorgänge des Abends und der Nacht und dass die Reiterschar schon lange wieder auf der Straße nach Wien galoppiert sei, bis des Badmeisters Knecht und Magd auf die Strümpfe kamen, um zu fragen, zu raten und Hilfe anzubieten. Die Geschichte mit dem Büchslein blieb unerwähnt.

Viele Tage vergingen. Von Sehfeld hörte man nichts mehr in Rodaun, und nur mancher Kranke, Sieche und Sorgenbeschwerte klagte im stillen bitter um die Abreise des immer hilfsbereiten und trostbringenden Fremden.

Auch der alte Badmeister Friedrich vermisste seinen guten Hausgast sehr, und dies um so peinlicher, als ihm mancher Gedanke und Vorwurf nicht aus dem Sinn wollte, dass er die Schuld trage, wenn Herr Sehfeld etwas in ernste Unangelegenheiten geraten sein sollte.

Indessen kam der Winter herbei, und jede Nachricht über Herr Sehfeld blieb aus. Badmeister Friedrich, durch Marias blasse Wangen und traurig veränderte Laune bewogen, versuchte mehrmals, in Wien Erkundigungen über den Verbleib seines Mieters einzuziehen. Aber alle Nachforschungen bleiben erfolglos. Von einem Adepten der Goldmacherkunst wusste niemand etwas, und selbst der Herr Münzwardein Hajek, zudem er Badmeister sich nochmals Zugang zu verschaffen wusste, schwur, wahrscheinlich aus ehrlichem Herzen, dass ihm weder der Name Sehfeld, noch irgendeine Maßnahme des kaiserlichen Hofes zu Ohren gekommen sei.

Ein neuer Frühling kam und verging. Neue Gäste, auch aus Wien, zogen in Rodaun ein wieder aus; aber so eifrig und verstohlen Maria die Badbesucher durchmusterte, keiner war darunter, der ihr durch Wort oder Wink etwas zu sagen gehabt hätte.

Mitten im Windet erschien plötzlich und unerwartet eine Untersuchungskommission, in deren Begleitung jener selbe Offizier der Rumorwache sich befand, der die Verhaftung geleitet hatte. Es wurde das Haus von oben bis unten zur äußersten Verwunderung des Badmeisters aufs genaueste durchsucht, und es war bei dem Reden und Raunen der Kommission immer wieder von einem beinernen Büchslein die Rede, welches sich, vielleicht in irgendeinem Versteck verborgen, im Laboratorium des Adepten noch müsse finden lassen. Auf scharfe Befragung erklärten aber die Hausinsassen, insonderheit Maria, dass wohl Herr Sehfeld ein solches Büchslein besessen, solches aber nie aus der Hand gegeben und zumeist bei sich am Körper getragen habe; es sei auch niemals den Hausinsassen zu Augen oder Ohren gekommen, dass von solchem Büchslein ein zweites Exemplar vorhanden gewesen sei.

Die Kommission zog unverrichteterdinge wieder ab.

Im Laufe des Winters schien Marias Mut trotzdem völlig gebrochen. Sie schlich durch Haus und Gasse, und kaum gelang es Theresa noch, durch mancherlei Geflüster am abendlichen Herd ihre Teilnahme zu erregen. Ihr letztes, allein noch wirksames Trostwort war und blieb: "Du hast noch Wort und Unterpfand, Maria, und eines von beiden wenigstens wird dem Verschwundenen immer kostbar sein."

Abermals streute der Frühling seine Blüten aus, und die Vögel begannen aus dem neubelaubten Gebüsch hervor ihre ersten Lieder zu singen, da erwachte auch Maria plötzlich aus der Dumpfheit, mit der sie so lange sich vergebens gequält hatte. Ihre blassen Wangen färbten sich wieder, ihre Augen blickten zuversichtlicher, ja sie sang zuweilen vor sich hin mit kurzem, noch stockendem Anlauf, wie ein eben ins Nest heimgekehrter Zugvogel. Anfang März war ein ungarischer Baron auf wenige Tage nach Rodaun gekommen, um für sich und seine Familie ein Badequartier zum Frühsommer zu besehen. Er wohnte im "Goldenen Hirsch". Beim Badmeister sprach er nur flüchtig ein, ließ sich ein paar Stuben zeigen, fand aber dies und das nicht kommod und empfahl sich wieder.

Der Badmeister und seine Tochter Maria geleiteten ihn die Treppe hinab und zur Haustüre. Da zog der Fremde plötzlich ein gefaltetes Papier aus der Tasche, gab es Maria und sagte: "Ich muss eilen,

Jungfer, sei Sie doch so gut und geb Sie den Brief drüben im ‚Goldenen Hirsch' ab. Ich sehe schon, dass bei Ihr nicht in unrechte Hände kommt, was treue Hände wahren." Und damit war er draußen und ums Eck verschwunden. Der Vater entfaltete das offene Papier. Mitteilung an den Hirschwirt, dass der Unterzeichnete abreisen müsse und dass das Logiergeld auf dem Tisch der Stube liege, die er bewohnt habe.

"Ein Grobian," schalt Herr Friedrich. "Genießt nichts und mietet nicht bei mir, logiert sich bei meinem ungutesten Gewerbefreund ein und bittet meine Tochter dazu noch um solch einen unnützen Botengang!" Maria nahm das Papier und lief, was sie konnte, zum "Goldenen Hirsch". Es schien, als habe sie noch nie einen Gang so gerne getan, und von Stund ab war ihre fröhliche Laune zurückgekehrt.

Kurz darauf setzte die Bewohner von Rodaun ein unerhörtes Ereignis in gewaltige Erregung.

An einem Maimorgen rollte eine kaiserliche Hofkutsche vor des Badmeisters Haus, und ein von zwei Lakaien umdienerter Herr unter gewaltiger italienischer Perücke ließ Herrn Friedrich an den Kutschenschlag bitten. Badmeister Friedrich eilte herbei und meinte, ihn müsste der Erdboden verschlingen, denn er stand vor Graf Haugwitz. Sehr huldvoll beugte der Graf sich zu dem Badmeister hinaus und führte vor neugierig versammelter Volksmenge mit diesem ein leises und eindringliches Gespräch. Badmeister Friedrich eilte darauf ins Haus zurück, die Kutsche wartete. Herr Friedrich erschien im besten Sonntagsstaat wieder, stieg zu dem hohen Herrn in den Wagen, und das Maiwunder rollte auf der Straße nach Wien davon. Maria aber stand mit Theresa nachwinkend auf der Hauststaffell und lachte.

In wenigen Minuten war es in Rodaun bis hinaus in die letzte Hütte des Steinklopfers bekannt, dass Kaiserin Maria Theresia den Badmeister Friedrich zu unmittelbarer Audienz zu sich auf die Burg befohlen habe.

Kaiserin Maria Theresia hatte sich in der Behandlung der Sehlfeldschen Angelegenheit vollkommen den Ratschlägen des Grafen Haugwitz überlassen. Dieser aber war bei aller Tatkraft und Geschäftsgewandtheit eine ironische Natur, die sich in der Gebärde des Menschenverächters oft mehr, als einem guten Diplomaten zuträglich ist, wohl gefiel. Sein hochfahrendes und dünkelhaftes Wesen hat seiner Herrin manche politische Niederlage eingetragen; und so ging es nun auch mit Ausbeutung und Nutznieß des glücklich eingefangenen Huhnes, welches die goldenen Eier legen sollte, gar nicht nach Wunsch und Erwarten.

Haugwitz hatte sich in dem Adepten entweder eines Schwindlers versehen, dessen Entlarvung in kurzem Prozesse zu erledigen war, oder eines eitlen, durch ein paar hingeworfene Gnadenbeweise leicht bestimmbaren Ehrgeizigen, wie dergleichen Geheimniskrämer und Hofalchimisten ja fast an jedem Fürstensitz von Zeit zu Zeit aufzutauchen pflegen. Dem gemäß wurde die Aushebung Sehfelds bei Nacht und Nebel kurzerhand durchgeführt und nach seiner Einlieferung auf der Hofburg sein erstes Verhör gleich auf den nächsten Tag angesetzt. Die beiden Majestäten wohnten dieser Vernehmung bei, aber sie verlief ganz anders als geplant.

Sehfeld war nach seiner Einlieferung zunächst einer genauen Leibesvisitation unterzogen worden, und es hatte sich in seinen Taschen ganz offen und ohne einen Versuch des Verbergens eine erstaunliche Menge des beschriebenen körnigen Goldes, sehr nachlässig in mehrere Schachteln und Beutel gefüllt, vorgefunden. Auch war von dem mit der Überrumpelung beauftragten Offizier, wie wir wissen, das beinerne Büchslein gefunden und eingeliefert worden, auf dessen Beibringung unter allen Umständen seine Instruktion mit dem höchsten Nachdruck bestanden hatte.

Als nun Sehfeld vor den Majestäten stand, leugnete er nicht einen Augenblick Eigentum und Herkunft des Goldes und des Büchsleins mit dem grauen Pulver, bekannte sich als Adepten und als einen Wissenden der königlichen Kunst, zugleich aber auch als den Inhaber kaiserlichen Patentes und als einen selten guten und pünktlichen Steuerzahler in kaiserlichen Erblanden.

Aber solcher Kleinigkeiten und Ausflüchte zu achten, war nicht die Meinung des Herrn Grafen Haugwitz, vielmehr stellte er dem Adepten kurzerhand anheim, entweder sofort im bereitstehenden Privatlaboratorium Seiner Majestät des Kaisers mit Hilfe seines die *materia prima* beherbergenden Büchsleins die Probe seiner Kunst abzulegen oder als Betrüger, Landstreicher und Hochverräter an den kaiserlichen Steuerregalien betrachtet und behandelt zu werden.

Sehfeld antwortete mit Würde. Seine Kunst habe er aus eigenem Fleiß, Studium und Gottes Gnade, sei also solche Rechtens sein Eigentum und ihm auf keine Weise abzwingbar noch zu entreißen, es sei denn durch seinen eigenen freien Willen und Beschluss. Da aber selbiges beinerne Büchslein, wie er wohl sehe, in Händen derer sei, die ihn, rauer wohl, als kaiserlicher Gnaden Meinung gewesen sein dürfte, hierher gebracht hätten, so sei offenbar mit wie ohne Zustimmung von seiner Seite die Gelegenheit ja allezeit frei, damit einen Versuch im kaiserlichen Laboratorium zu machen. Nur müsse er ein für allemal erklären, dass er unfreiwillig seine Hand dazu niemals reichen werde und er es allenfalls den hohen Experimentatoren überlassen müsse, was bei dem Unternehmen dann herauskäme.

Der Widerstand kam unerwartet. Er hätte wohl auch sofort den Verdacht auf ohnmächtige Scharlatanerie bei den Majestäten zur Gewissheit gemacht, wäre nicht immerhin als Gegenzeuge das aus den Beuteln und Taschen Sehfelds geschüttelte gute Gold in einem ansehnlichen Haufen auf einem Taburett zur Hand gelegen. Dazu kam das Zeugnis des Münzwardeins Hajek.

Kaiserin Maria Theresia griff in die Unterhaltung ein. Sie zeigte eine gnädige Miene und bat Sehfeld um freiwillige Preisgabe seines Geheimnisses, indem sie ihm in manchen lockenden Andeutungen den Dank des Hauses Habsburg versprach. Aber Sehfeld forderte als erste Vorbedingung alles weiteren Verhandelns und Beschließens seine bedingungslose Freilassung und dies unumwunden und stolz, dass Maria Theresias jähe Gemütsart daran den heftigsten Anstoß nahm. Was ihrem von Natur gerechten Sinne zu anderer Stunde wohl einsichtig gewesen wäre, das empfand sie in diesem Augenblick als einen Affront gegen ihre Majestät; und nach kurzem, sehr schroffem Wortwechsel, in welchem Sehfeld sich als Mann von großem Starrsinn erwies, ließ sie ihn in Gewahrsam abführen. Das dem Adepten abgenommene Gold wurde kraft kaiserlicher Machtvollkommenheit – daraus ja ohnedies alle Rechte der Untertanen flossen – zugunsten der kaiserlichen Schatulle konfisziert, und mit dem Büchslein begab sich Kaiser Franz noch selber

Tages in sein chymistisches Laboratorium, um es seinem Leiblaboranten, Hofalchimisten und Geheimsekretär Jolifieff zur Erprobung zu übergeben.

Am späten Nachmittag schon konnte Kaiser Franz seiner von neugieriger Spannung hinlänglich geplagten allerhöchsten Gemahlin das Ergebnis des Experimentes mit ärgerlicher Miene erzählen: Jolifieff war genau nach den Angaben des Badmeisters vorgegangen, er hatte sogar mit des Kaisers eigenem Ohrlöffel ein wenig von dem bleischweren Pulver in Wachs eingeknetet und geschmolzenes Zinn damit beschickt. Ein leichtes Wallen des Zinnes sei erfolgt, sonst aber gar nichts. Sodann habe er, der Kaiser selbst, von Unmut und Ungeduld ergriffen, mit eigener Hand ein Mehreres von dem grauen Pulver auf das Zinn geschüttet, worauf es in dem Tiegel einen erschrecklichen Knall getan und das Zinn sich kohlschwarz verfärbt habe, so dass ihm, dem alchymiebeflissenen Kaiser, der Schreck noch jetzt in den Gliedern liege, an welchem Jolifieff schier verstorben, da ihm etzliches von dem heißen Metall ins Angesicht gespritzt sei und ihm die Haut übel verbrannt habe.

Kurz es hatte sich in allem genau dasselbe zugetragen, was wenige Zeit zuvor den beiden Badmeisterstöchtern in Sehfelds Laboratorium zugestoßen war.

Nun war Maria Theresias Zorn groß. An eine flunkerische Betrügerei Sehfelds zu glauben, hinderten sie die schon genannten Umstände. Sie meinte also der Ansicht ihres Gemahls beitreten zu müssen, dass Sehfeld sich nicht ohne Grund weigerte, bei der Operation mit Hand anzulegen, dass es bei dem missglückten Experiment somit an irgendeinem geheimen Handgriff versehen worden sei, welchen Sehfeld naturgemäß allein offenbaren könne. In gewissem Sinne war ja auch die Wirksamkeit des Pulvers, wenn auch in einer falschen Richtung, gleichsam erwiesen; denn die durchgängige Schwarzfärbung des Zinnes war jedenfalls Tatsache und in ihrer Art ebenso unerklärlich, wie es die erhoffte Verwandlung gewesen wäre.

Es blieb also nichts übrig, als den Pflock ein Weniges zurückzustecken und Sehfeld wieder vor die allerhöchste geheime Kommission zu laden und aufs neue mit ihm zu verhandeln.

Aber Sehfeld blieb verstockt. Er wiederholte, dass er nicht das geringste Versprechen geben wolle, bevor er nicht in bedingungsloser Freiheit über seinen Willen verfügen könne. Zu diesem Akte der Gerechtigkeit und der Gnade konnte sich aber die Kaiserin je weniger mehr entschließen, je länger die Unterhandlungen mit Sehfeld sich hinzögerten. Zu viel an Gewalttätigkeiten war schon geschehen und zu viel an versteckten wie offenen Drohungen, an Hinterlist und Brutalität seitens der Mächtigen war dazugekommen in der Absicht, Sehfeld sein Geheimnis zu entreißen, als dass jetzt noch die Weisheit oder auch das gute Gewissen der Majestät hätte hoffen mögen, ein freigelassener Sehfeld werde dem unbarmherzigen Katz-Maus-Spiel mehr Liebe und Vertrauen schenken als ein gefangener und gequälter. Das nun einmal schon derart nach Verdienst geweckte schlechte Gewissen der Tyrannei verbot somit den einzigen vorgeschlagenen Weg zur Verständigung, den Sehfeld zu betreten sich geneigt zeigte. Maria Theresias Jähzorn kam hinzu, und so endigte diese zweite Verhandlung mit der brutalen Androhung der Folter für den Adepten, falls er nicht "gestehe".

Diesem unwürdigen Spiel der Macht mit dem verhöhnten Recht setzte Sehfeld die Unerschrockenheit einer großen Seele entgegen, und nachdem so die von Hagwitz wohl zuerst bloß als Einschüchterungstaktik gedachte Politik der Drohungen bei ihm nicht verfing, schien der folgerichtige Fortgang auf diesem Wege schier unvermeidbar, und aus der Drohung musste barbarischer Ernst werden, wenn die Haugwitzsche Diplomatie samt Maria Theresias zorniger Gebärde nicht in einen peinlichen Bankrott gewalttätigen Hochmuts auslaufen wollte.

Sehfeld erlitt zunächst eine Geißelung wegen Ungebühr in Haltung und Worten vor dem Angesicht der Apostolischen Majestät, sodann wurde die Folter angesetzt.

Jedoch kam es nicht zum Vollzug.

Am Hofe war der traurige und unwürdige Handel ruchbar geworden. Bald sprach ganz Wien von dem Rückfall in mittelalterliche Barbarei, dessen der Kaiserhof sich schuldig zu machen im Begriff sei. Haugwitz, an sich schon wenig beliebt, erfuhr als die treibende Kraft die schwersten Angriffe.

Ein Skandal drohte, seine Stellung war erschüttert. –

Der gutmütige Kaiser Franz, von Anfang an mit dem ganzen Verfahren wenig einverstanden und immer wieder bemüht, die Kaiserin an das weise Märchen von der geschlachteten Henne zu erinnern, die hoch die goldenen Eier hätte legen sollen, rückte jetzt deutlich von dem ganzen Handel ab, und Maria Theresia bemerkte noch zur rechten Zeit, dass die Verirrungen ihres gekränkten Stolzes sie allzu weit von dem wohlanständigen Wege eines aufgeklärten Despotismus abgelenkt hatten.

Kurz die Folterung Sehfelds unterblieb. Seiner Standhaftigkeit war aber auch fernerhin nicht das geringste abzuringen. Seine Freilassung nach so vielen Beweisen des Unrechtes und der Gewalttätigkeit kam trotzdem nicht in Frage. Also blieb nichts anderes übrig als Gefangenschaft, strenge Gefangenschaft, bis der Häftling müde gemacht wäre.

Maria Theresia, schon um den Skandal aus Wien zu entfernen, befahl die Überführung des Staatsgefangenen auf die Festung Temesvar in Ungarn. Auch dort stand ihm ein wohleingerichtetes Laboratorium zur Verfügung: der Befehl lautete, er solle dort Gold für die Kaiserin machen oder sein Leben als Arrestant beschließen.

Zwei Jahre lang saß Sehfeld auf der Festung in Temesvar. Kommandant der Festung war General von Engelshofen, ein alter kriegserprobter Haudegen und eine grundehrliche Haut. Der alte Herr hielt gleich viel von Gelehrten und Ungelehrten: nämlich gar nichts, sofern sie nicht des Kaisers Rock trugen. Insonderheit waren ihm die landerfahrenen Schwindler, Scharlatane und Alchymisten ein wahrer Gräuel, und soviel er von solchen Kerlen in seinem Leben überhaupt gehört hatte, hielt er sie alle für Söhne des Teufels. Denn an den Teufel glaubte der Herr General so gut wie an Gott und an sein Portepee. Empfing daher den geheimnisvollen Staatsgefangnen, dem der Ruf eines besonders widerspenstigen und halsstarrigen Adepten vorauseilte, mit geziemender Resolution, dem Teufelsbraten schon das Mütlein unterzutauchen und ihm die ehrenwerte Schwarte zu schaben.

In solcher grimmiger Zuversicht befahl er alsbald nach Einlieferung des Arrestanten vor sich, entschlossen, mit kurzem Federlesen zum Ziele zu kommen, das ihm seine Instruktion nannte: "Auf kai-

serlichen Befehl bei Gutem oder Bösem den Delinquenten dahin zu
bringen, dass er seine Geheimnisse bekenne und Kaiserliche Majestät durch ihn, als deren Vertreter, den vollkommenen Umfang seiner Operationes kundzumachen, sich ohne einigen Vorbehalt endlich resolviere."

Aber schon diese erste Unterredung des alten Festungskomman-
danten mit dem kläglich misshandelten Sehfeld verlief anders, als
der alte General gemeint hatte.

Der ehrliche Soldat erkannte trotz seines Widerstrebens in Sehfeld sehr bald den ebenso ehrlichen, anständigen und mutigen
Mann, dem nichts und wieder nichts nachzusagen war, als dass er
Dinge zu verstehen behauptete, die ein anderer nicht verstand. Dies
aber auch ohne allen Hochmut und bramarbasierenden Ton, sondern im Gegenteil fast traurig, bescheiden und unter dem Zufügen,
dass solche Wissenschaft oft vielmehr eine Last, denn ein Geschenk
des Himmels bedeute. Der Herr von Engelshofen prüfte und versuchte seinen Häftling auf jede nur denkbare Weise: immer mehr
fand er in ihm einen durch und durch braven und ehrenwerten
Menschen, und immer mehr und mehr erschien ihm seine Instruktion samt allen Umständen, die den Adepten in seine Hände gelie-
fert hatten, als ein schreiendes Unrecht, eine despotische Gewalttätigkeit und also ein dunkler Fleck auf dem leuchtenden und verehr-
ten Bilde, das er sich von seiner allerhöchsten Herrin machte.

Je mehr der alte General an Sehfeld Gefallen fand und nun allge-
mach seinen Umgang aus ganz anderen Gründen aufsuchte, als um
seiner Instruktion nachzukommen, desto unerträglicher ward es
dem aufrechten Soldaten, seine Einsicht zu verbergen. Er redete
schließlich Sehfeld wie einem alten, guten Freunde zu. Gab mehr,
als es vielleicht sein Amt vertrug, alle Einwände preis, die das Verhalten des Wiener Hofes entschuldigen konnten, schimpfte gewaltig
auf den intriganten Haugwitz, den bösen Geist Kaiserlicher Majestät, und bat am Ende nur noch als ein väterlicher Ratgeber, Sehfeld
möge doch Recht wie Unrecht beiseite setzen, sein eigenes Glück
und Unglück bedenken und der Kaiserin in Gottes Namen zu Willen sein. Sehfeld, dankbar und offen gegen den alten Mann wie ein
Sohn, redete ebenso verständig und gelassen und stellte zuletzt dem
General vor, dass die Preisgabe seines Geheimnisses gerade dort

zum Unsegen, ja zu unabsehbarem Unheil gedeihen müsse, wo Habgier und Eigennutz, und sei es auch Habgier und Eigennutz einer Regierung, diese Preisgabe erpressen wolle.

Engelshofen, der die schlimme Geldwirtschaft zu Wien ein Leben lang an seinem eigenen Leib und Beutel zur Genüge erprobt hatte, konnte auch auf diesen Einwand nichts Ehrliches erwidern. Geld machen war ihm nicht viel besser als schachern; und es schien ihm nicht anständig, Apostolische Majestäten mit solchen Praktiken befasst zu sehen. Kurz das Ende zahlreicher solcher Gespräche war, dass der brave General von Engelshofen eines Tages kurz entschlossen sich zu persönlichem Rapport nach Wien meldete und bei seiner Kaiserin in Sachen Sehfeld Audienz erbat.

Die Nennung dieses Betreffs genügte, um dem General alsbald einen Befehl zu der gewünschten Berichterstattung zu erwirken. Er fuhr nach Wien und stellte seiner hohen Herrin sowie deren Gemahl in geheimer Audienz den Sachverhalt so energisch offen und ungeschminkt dar, dass er, wenn auch nicht sofort die Zustimmung Maria Theresias, doch die Meinung des Kaisers ganz für sich gewann. Es war wohl noch ein gewisses Schämen Kaiserlicher Majestäten zu überwinden; aber auch das wusste der prächtige Engelshofen zum Guten zu wenden. Kaiser Franz gab am Ende den Ausschlag, und Maria Theresia verfügte:

"*Primo:* Dem Chymisten Sehfeld, gebürtig aus Oberösterreich, sei um mancher Verdienste willen, als zum Exempel wegen seiner industriösen und bis dato fleißig verstreuten Herstellung von Färbereiartikeln, seine gegen Kaiserliche Majestät wider alle Gebühr und schuldige Pflicht bewiesene Renitenz aus allerhöchster Gnade huldreich verziehen, sintemalen zu supponieren, dass Inquisit einer rechten Einsicht in sein strafwürdiges Verhalten fast ermangelt habe.

*Secundo:* Es sei darum seine alsbaldige Freilassung aus der Feste Temesvar zu verfügen und seine Reise nach Wien zu erneuter, in Gnaden bewilligter Audienz vor Kaiserlicher Majestät unter ehrenvoller und sicherer Bedeckung zu bewerkstelligen.

*Tertio:* Sei der ehrbare Bürger Herr Ehrengott Friedrich zu Rodaun dazu erlesen und befohlen, dem Geleite des p. p. Sehfeld aus

Temesvar nach Wien sich beizufügen, solle selber alsogleich sich auf den Weg nach Ungarn und Temesvar verfügen.

*Quarto:* Stelle Kaiserliche Majestät dem zu Gnaden restituierten Sehfeld aus sonderlicher Affektion und überfließender Gunst in Aussicht, dass er, Wohlverhaltens versichert, zu Wien ein eigenes, völlig und führtrefflich ausstaffiertes, chymisches Laboratorium sonder Sporteln und Spesen zu seiner Lust und Gelegenheit eingeräumt bekommen, darinnen er nach seinem Gefallen laborieren, digerieren und destillieren möge, nicht ohn einiges freiwilliges Intendieren auf allerhöchste Wünsche und opiones.

*Quinto:* So solle besagtem Sehfeld seine volle Freiheit überall zurückgegeben sein mit verständiger reservatio dahin, dass selbiger sich nicht außer Landes und kaiserlich königlich österreichischer Grenzen begebe.

*Sexto:* Sei ihm darum sowie aus sonderbarer Estimation seiner würdigen, gelehrten, liebwerten und kostbaren Person ein ständiges Ehrengeleite von zwei Kavalieren adjutiert, welch bei kaiserlicher Gnade und bei Leib und Leben für Schutz und Schirm des p. p. Sehfeld so Tag wie Nacht Sorge zu tragen verbunden sein sollten."

Mit diesem Ukas versehen, reiste General Engelshofen in Begleitung des rasch aus Rodaun herbeigerufenen und durch Graf Haugwitz persönlich abgeholten Friedrich nach Temesvar zurück.

Dort war inzwischen schon Sehfelds Haft tunlichst gemildert worden. Er durfte sich unter Aufsicht in Festung und Stadt frei bewegen, und bald hatte er einen ungarischen Adeligen kennen gelernt, der soeben in Geschäften nach Wien aufzubrechen willens war. Den hatte er heimlich gebeten, den Abstecher nach Rodaun und in das Badmeisterhaus zu machen.

Sehfeld kam nach Wien. Sein Empfang war sehr ehrenvoll. Kaiser Franz persönlich führte ihn seiner neuen Arbeitsstätte zu, die innerhalb der Hofburg, den alchimistischen Küchen des kaiserlichen Liebhabers getrennt war. Denn Kaiser Franz vermied nun mit Zustimmung seiner Gemahlin jeden unbilligen Druck auf den standhaften Adepten und suchte jetzt durch Güte zu erreichen, was Gewalt nicht hatte erzwingen können.

Sehfeld begegnete seinen allerhöchsten Gönnern daher auch seinerseits auf eine ungleich gefälligere Art. Er versprach zunächst aus freien Stücken, seine Farbfabrikation gänzlich zugunsten kaiserlichen Monopols an den ihm überwiesenen Laboranten zu entdecken und sich selbst mit bescheidenem Nutznieß aus seinen Erfindungen zu begnügen. Sodann hatte die wohlberechnete Reisebegleitung des biederen Badewirts aus Rodaun ersichtlich kalmierend und wohltätig auf den Chymisten gewirkt: Herr Sehfeld gab zu verstehen, dass, nach gewissen Einschränkungen und bei Zusicherungen seitens des kaiserlichen Hofes betreffend Mengen und Verwendungsart des hergestellten Goldes, er sich wohl dahin bedenken und resolvieren wolle, mit seiner Kunst der Kaiserlichen Majestät dienstbar zu sein.

So nahmen die Dinge allseits und zusehends einen versöhnlichen Gang.

Wenige Tage nach seinem Aufenthalt auf der Burg wurden ihm auch seine beiden Begleiter vorgestellt und zu seinen Diensten überwiesen und dies in so höflichen, gnädigen und schmeichelhaften Formen, dass ein weniger kluger und unbestechlicher Charakter als Sehfeld kaum die Gefangenwärter in diesen Kavalieren wahrgenommen hätte.

Diese beiden Herren waren Offiziere von der kaiserlichen Hofwache und aus der allernächsten und vertrautesten Umgebung des Kaisers Franz genommen. Wesentlich des Kaisers Vorschlag, diese zwei lothringischen Edelleute, Spiel- und Waffengefährten des Kaisers von Jugend auf, durch zahllose Gnadenbeweise dem Herrscherhause aufs innigste verbunden, durch mannigfache Proben ihrer Anhänglichkeit und Treue sicher erprobt, dem Sehfeld zur Seite zu geben, hatte die misstrauische Maria Theresia zur Zustimmung bewogen, als der General von Engelshofen ihr eine Änderung in der Taktik Sehfeld gegenüber nahegelegt hatte.

Und diese beiden Offiziere waren nicht nur ein jeder aus bestem, altem Hause, sondern zudem auch reich begütert und unabhängige Magnaten und einer glänzenden Laufbahn am Kaiserhofe gewiss.

Sehfeld nahm seine zwei Ehrenfreunde alsbald mit ebenso vollendeter Courtoisie auf. Er dankte ihnen ihre wirkliche oder vorgespiegelte Teilnahme für die chymischen Wissenschaften mit Vorführung zahlreicher ergötzlicher und interessanter Versuche in seinem Laboratorium. An manchen dieser Vorführungen nahm auch Kaiser Franz und einmal sogar Maria Theresia teil, als es sich um die Transmutation von Quecksilber in gediegenes Silber handelte.

Bei dieser Gelegenheit kam es nochmals zu einer sehr ernsthaften du langen Unterredung zwischen der Kaiserin und dem Adepten. Maria Theresia bestand, obzwar in Güte, auf einer genaueren Erklärung Sehfelds, ob und wann er bei verbindlichem Termine eine wahre Probe seiner Kunst, nämlich die Verwandlung von Zinn in Gold, vor den Augen der Majestäten ablegen werde. Religiöse und moralische Einwendungen und Gegengründe schlug die Kaiserin mit großer Würde nieder und versprach Sehfeld ihrerseits durch Handschlag, in keinem Missbrauch der hohen Kunst und ihrer Übung jemals einwilligen zu wollen.

Daraufhin bestimmte Sehfeld ohne Zögern einen nicht allzu fernen Tag, bat aber die Kaiserin ausdrücklich, ihm zur Beschaffung einiger noch nötiger Ingredienzien, durch welche allererst die Operation perfekt werden könne, freien Urlaub von Wien zu gewähren. Sonderlich bedürfe er einer kurzen Reise in das erzreiche Böhmen, wo er Benötigtes zu finden hoffe. Die Kaiserin prüfte ihn scharfen Auges, fand aber sein Wesen wie immer offen, männlich und aufrecht. Sie nickte Gewährung und verließ das Laboratorium.

Selben Tages noch entwarf sie mit eigener Hand neue, bis zur Grausamkeit verschärfte Instruktionen für Sehfeld und seine beiden Ehrenwächter. Sie übergab diese genauen Weisungen den Kavalieren persönlich und hielt sich nun jeder Möglichkeit völlig versichert.

Schon anderen Tages reiste Sehfeld, mit guten Pferden versehen, in Begleitung seiner Edelgarden nach Böhmen ab. Der Ausritt aus Wien geschah in heiterster Weise, wie zu einem rechten Vergnügungsausflug. Sehfeld, der völlig unbewaffnet war, scherzte und spottete gutmütig mit seinen beiden Kavalieren, die mit Pistolen und Karabinern behängt erschienen, als gehe es in die böhmischen Wälder zum Räuberfang.

Der Wiener Torwart, an dem vorbei die drei Reiter die Stadt verließen, war der letzte Mensch, der diese Personen in Österreich gesehen hat.

Sehfeld und seine Begleiter sind niemals zurückgekehrt, und keine Nachforschung, kein noch so energisch, raffiniert und schließlich über ganz Europa geworfenes Netz der Spionage, von Graf Haugwitz persönlich gewoben und gelenkt, brachte Ausbeute und Kunde von den Verschollenen.

Im Hause des Badmeister Friedrich zu Rodaun begab sich während der wenigen Monate, in denen Sehfeld die neue Gunst des Wiener Hofes genoss, nichts besonders Auffallendes. Sehfeld war dort nie mehr wieder eingekehrt. Maria blieb alsbald nach jenem Besuch des ungarischen Barons sehr eingezogen und wurde für Nachbarn und Altersgenossinnen schier unsichtbar. Sie besorgte wie immer des Vaters Wirtschaft und saß wochenlang mit ihrer Schwester Theresa bei emsiger Näharbeit über ganzen Ballen weißen Leinens, die zu Wäsche verarbeitet wurden. Mit jedem Posttag gingen dann große Pakete an ein Geschäftshaus in Metz, das mit dergleichen Leinenwaren Handel trieb. Bald erfuhr man auch im "Goldenen Hirsch" öffentlich aus des Badmeisters Munde, dass das Kaufhaus in Metz einer entfernten Verwandten der verstorbenen Mutter seiner Kinder gehöre. Die Inhaberin der Firma, eine Witwe, sei im Begriff, Haus- und Kaufmannschaft ihrem Sohne zu übergeben, der von längeren Reisen im Ausland endlich heimgekehrt sei. Bald darauf fügte sich diesen Nachrichten die neue hinzu, das die Tante um Marias Besuch und Hilfe gebeten habe, dass also des Badmeisters Tochter wohl bald nach Metz übersiedeln werde. Herr Friedrich fügte schmunzelnd hinzu, dass der Vetter dort wohl auch eine Hausfrau benötige und dass Briefe schon das mögliche vorbereitet hätten. Dann, wenige Tage vor Sehfelds Flucht, reiste Maria in aller Stille ab. Die Tante in Metz und deren Sohn hatten sie dringend gerufen.

Am Abend vor ihrer Abreise grub Maria einen alten Busch von "brennender Liebe" aus dem Gartenbeet. Aus seinem Wurzelstock löste sie einen kleinen beingelben Gegenstand und barg ihn in ihrem Kleid. Dann setzte sie den Busch mit Sorgfalt an seinen alten Platz und brach sich ein Zweiglein mit den hängenden roten Herzen zu dankbarem Angedenken.

Schon am dritten Tage nach Ruchbarwerdung von Sehfelds und seiner Begleiter rätselhaftem Verschwinden kam eine Abteilung der

Wiener Rumorwache nach Rodaun, diesmal unter Führung eines bewährten Polizeimeisters, der scharf wie ein Bluthund in des Badmeisters Hause umherspürte. Er fand aber nichts als die wenigen Briefe aus Metz, die alle Angaben des Badmeisters zu bestätigen schienen, und, damit alles gesagt sei: im Garten, welcher gleichfalls durchsucht wurde, einen welkenden Busch von "brennender Liebe". Aber Theresa bestätigte, dass seit ein paar Tagen die Wühlmaus im Garten Schaden mache; und so zog die fliegende Untersuchungskommission ergebnislos wieder ab.

Und noch einmal geschah ein Aufsehen in dem kleinen Badeort. Das war, als mit Kaiser Franzens besonderem Auftrag und Vollmacht der namhafte Kameralist und Chemiker Heinrich Gottlob von Justi, derzeit ordentlicher Professor der Kameralistik am Theresianum in Wien, nach Rodaun kam, um sich von Herrn Friedrich, seiner Tochter Theresa und von jedem, der sonst noch glaubte, in der Angelegenheit Sehfeld etwas vorbringen zu können, alle Umstände und Einzelheiten des Sehfeldschen Gewerbes genau berichten zu lassen, zusichernd, dass ihn ausschließlich ein wissenschaftliches und in keiner Art ein polizeiliches oder fiskalisches Interesse leite, und dass aus gar keiner Mitteilung den Beteiligten irgend Nachteiliges erwachsen werde.

Der Professor von Justi verweilte lange in Sehfelds altem Laboratorium und hat die Summe seiner Beobachtungen im zweiten Bande seiner "Chymistischen Schriften" niedergelegt: Justi fand in Sehfelds Nachlass eine eingesprengten Schwefelkies enthaltende, zwölf Pfund schwere Stufe Kupferlasur, welche die Friedrichsche Familie für den Grundstoff der Sehfeldschen Tinktur treuherzig zu halten schien; doch bezweifelt er diese Annahme mit Recht und glaubt, dass das goldgetüpfelte Blau dieses Minerals ebenso wie die vertrockneten Kräuter, die achtlos in einer Ecke lagen, nur dazu dienten, die Neugierde der Friedrichschen Familie abzulenken und unbequemen Fragern die Darstellung einer kostbaren Farbe begreiflich zu machen. Justi bemerkte an anderer Stelle seiner Nachricht über den Fall Sehfeld: "Ich leugne gar nicht, dass unzählige Betrügereien im Punkte des Goldmachens gespielt worden sind; allein wenn in irgendeiner Sache starke und unzweifelhafte Beweise vorhanden sind, so ist es hierin; und man müsste allen historischen Glauben verwerfen, wenn man leugnen wollte, dass es von Zeit zu Zeit einige Leute gegeben hat, welche das Geheimnis, Gold zu machen, besessen haben." Im übrigen reiste auch Professor von Justi unverrichteterdinge aus Rodaun wieder ab. Er ging kurze Zeit darauf als Dozent für Staatsökonomie und Naturwissenschaften an die Universität Göttingen.

Dies war der letzte Tag der Aufregungen in des Badmeisters Hause gewesen. – Bald folgte Theresa der Schwester nach Frankreich hinüber. Ein par Jahre darauf verkaufte der immer heitere und stille Badmeister Friedrich Haus und Habe und verzog gleichfalls nach Westen. Rodaun hat ihn, die Seinen und den ehemaligen Hausgast Sehfeld bald vergessen.

Des Hirschwirts Sohn kam auf der Wanderschaft nach Paris. Nicht lange danach auf der Heimreise durch Metz. Es lockte ihn, Badmeisters Maria als behäbige Inhaberin eines Kaufhauses wiederzusehen und den groben Scherz von jenem Frühsommerabend, den er mit den Kameraden an Maria verübt hatte, zu entschuldigen. Er fand in der Stadt weder das Kaufhaus noch einen Menschen, der ihm hätte Auskunft geben können über irgendwelche Personen des Namens, den Badmeister Friedrich seinerzeit versichert hatte, Maria durch ihre Heirat sollte angenommen haben.

In der Apotheke der Frankeschen Stiftung in Halle war um das Jahr 1750 ein Gehilfe namens Reußing angestellt, der in seinen Mußestunden sich damit abgab, sich in der Chemie theoretisch und praktisch weiterzubilden und manchen Angaben früheren Alchimisten nachzugehen. Sein Eifer für die Kunst war in Halle wohlbekannt. Es begab sich nun eines Tages, dass ein Fremder die Apotheke betrat und beim Einkauf einiger Chemikalie mit Reußing in ein Gespräch über Chemie kam. Er fand den jungen Reußing überraschend unterrichtet und bekundete darüber Freude und Teilnahme. Der Fremde war im Gasthof zum "Blauen Hirsch" abgestiegen und teilte Reußing mit, dass auch er sich mit allerlei Studien beschäftigte, absonderlich solchen, die auf dem Gebiete der Chemie lägen.

Die Besuche des Fremden wiederholten sich von jenem Tage ab. Bald bemerkte Reußing, dass die Ursache dieser Besuche der Einkauf von Chemikalien nicht wohl sein möchte, da er beobachtete, dass der Fremde beim Verlassen der Apotheke die jeweils gekauften Gegenstände auf der Gasse wegwarf; und so schien es offenbar, dass es dem Fremden mehr um die Unterhaltung mit dem wohlunterrichteten jungen Mann zu tun war als um seinen Einkauf.

Eines Sonntags vormittags war Reußing so sehr in die Lektüre eines alchimistischen Buches, in welchem von der Verwandlung des Quecksilbers in Silber die Rede war, vertieft, dass er das Läuten der Türglocke und den Eintritt des Fremden gänzlich überhörte, der plötzlich hinter ihm stand und ihm über die Schulter ins Buch sah. Reußing sprang auf und entschuldigte sich verwirrt mit dem Hinweis auf seine Lektüre, von der er behauptete, was dastehe, sei so dunkel und verworren, dass man trotz allen aufgewendeten Scharfsinns und aller Geduld keinen Sinn darin finden könne. Wenn schon die Alchimisten nicht verständlicher schreiben wollten, so hätten sie immer besser daran getan, ihre Scharteken ungeschrieben zu lassen. Da lachte der Fremde kurz auf und griff nach dem Buche. Er beschaute nachdenklich die aufgeschlagenen Seiten und meinte dann, indem er das Buch sachte wieder beiseitelegte, Reußing schmähe die Alchimisten wohl zu Unrecht; diese guten Leute seien so aufrichtig gewesen, als es die Sache nur immer zulasse; ja viele von ihnen hätten mehr offenbart, als erlaubt sei, und es komme nur darauf an, dass der Leser den rechten Verstand der Worte erfasse, dann sei die vorgeschriebene Arbeit weder sonderlich schwierig noch kostbar. Nach mancherlei Hin- und Widerreden, während deren Reußing sich hoch verschwur, diesen ganzen Kram und Schwindel beiseite werfen zu wollen, wenn ihm nicht bald der Schlüssel zu solchen Operationen sich offenbare, empfahl sich der Fremde wieder und lud Reußing ein, ihn eben darum doch in Bälde in seiner Wohnung besuchen zu wollen, wo man ungestört mehr über diese Sache sprechen könne als in einem öffentlichen Verkaufsraume.

Noch an dem gleichen Sonntag, zur Abendstunde, suchte Reußing den Fremden auf, der inzwischen seine Wohnung aus dem "Blauen Hirsch" in ein bescheidenes Zimmer beim Sägefeiler Wagner in der Klausstraße verlegt hatte. Er fand ihn auf seiner Stube unter Retorten und Tiegeln, von denen einige eine rubinrote Flüssigkeit zu enthalten schienen. Nach wenigen gleichgültigen Reden entnahm der Fremde einer inneren Tasche seines Rockes mit Sorgfalt eine kleine, beinerne Büchse. Er reichte sie Reußing verschlossen dar, und als dieser sie in die Hand nahm, zeigte er sich über ihr unerwartet schweres Gewicht betroffen, da, wie er bemerkte, selbst massives Blei nicht solche Schwere haben könnte. Der Fremde entgegnete Reußing: "Sie mögen vielleicht später einmal von besonderem Glück sprechen, dass Ihnen zu dieser Stunde dies Büchslein in der Hand gelegen hat. Es enthält ein Gradierglas, mit dem ich den einen und anderen Versuch angestellt habe. Doch ist mir zu ausführlichem Experimentieren, wie Sie bemerken, der Ort hier nicht geschickt. Nun haben Sie ja ein wohl eingerichtetes Laboratorium in der Apotheke und Sie können mir die Gefälligkeit erweisen, dies Pulver zu prüfen, das sie hier in dem Büchslein sehen." Bei diesen Worten hatte er das beinerne Gefäß aufgeschraubt, und es erwies sich, dass der Inhalt ein graues, nicht glänzendes Pulver war, wovon der Fremde mit einem Ohrlöffelchen, das daneben stak, soviel herausnahm, als den dritten Teil der Löffelhöhlung ausmachte. Auf den Einwand Reußings, dass dieses doch jedenfalls zu wenig Pulver sei, um einen nennenswerten Versuch damit zu machen, entgegnete der Fremde, das sei noch viel zuviel, schüttete das Pulver wieder in die Büchse, wischte die an dem Löffelchen hängenden Stäubchen mit einer Baumwollflocke ab und drückte diese in Wachs, das er zur Kugel knetete. Das Wachskügelchen gab er dem verblüfften Reußing mit der Anweisung, es auf geschmolzenes Zinn zu werfen und das Metall nachher auszugießen. Lächelnd fügte er hinzu: "Gelegentlich geben Sie mir wohl Nachricht von dem Ausfall des Experiments."

Darauf war von der Ausführung dieses Experimentes zunächst nicht weiter die Rede. Alsbald entspann sich ein lebhaftes Gespräch über die Probleme der hermetischen Kunst und über Wahrheit und Betrug in den Behauptungen der alten Alchimisten wegen der Möglichkeit und des Besitzes der transmutierenden Tinktur. Der immer wissbegierige Reußing folgte gern den Ausführungen des ungemein unterrichteten Fremden, der mit seltener Schärfe des Verstandes und Güte des Wesens eine tiefe und gründliche Bildung verband, andere Erd- und Himmelsstriche genau zu kennen schien und eine kleine und auserlesene Sammlung merkwürdiger Seltenheiten aus dem Reiche der Natur besaß.

Indem er die Gegenstände dieser Sammlung seinem Gaste unter anregenden Gesprächen ausbreitete, war es allmählich spät geworden; schon brannten die Kerzen dunkler in dem Gemache; und als nun Reußing, bei Gelegenheit der Erörterungen anderer Wunder der Natur, nochmals zurückkam auf seine Bedenken und seine Einwände gegen die Möglichkeit der Findung oder Herstellung des sogenannten Steines der Weisen, legte plötzlich der Fremde seine Hand leicht auf die Schulter des Eifernden und unterbrach ihn lächelnd mit der seltsamen Frage: "Für wie alt haltet Ihr mich?" Reußing sah ihn verwundert an, betrachtete das bräunliche Antlitz, musterte die vollen braunen Locken und den wohlgepflegten Bart und sagte dann nicht ohne Verlegenheit: "Was Ihr da fraget, scheint mir mit einem Male schwer zu bestimmen. Ich hätte Euch immer für einen Mann von dreißig bis vierzig Jahren halten mögen; da ich Euch nun genauer betrachte, fühle ich mich mit einem Male unsicher. Ihr habet das Aussehen eines uralten Mannes in jugendlicher Gestalt." Da trat der Fremde aus der Helligkeit der Kerzen zurück und lachte seltsam: "Beinahe getroffen! Aber ich zähle meine Jahre nicht mehr, seitdem ich die Hundert überschritten habe."

Reußing erschrak; er glaubte, der Mann vor ihm wolle ihn verspotten oder er rede irre. Allein der Unbekannte fuhr fort: "Das wundert Euch? Sehet, Ihr könnt das nicht begreifen; ebenso wenig vermögt Ihr den alchimistischen Prozess zu erfassen. Schauet noch einmal dieses Büchslein. Das graue Pulver darin ist nicht nur gut, unedles Metall in edles zu transmutieren; es taugt auch, die unedle *materia* des Leibes auf eine Zeit zu reinigen und gleichsam in die Unangreifbarkeit des Goldes zu verwandeln. Und das ist wahrlich ein noch viel edleres Werk als Goldmachen, danach sich viele gesehnt und nicht wenige Gut, Ehre, großen Namen und Beifall der Welt dahingegeben haben. Wisset, dass mich hier in Halle Geschäfte hielten, die zwei jungen Freunden galten. Diese haben unermesslichen Reichtum und Glanz der Mächtigen von sich geworfen, um des Elexieres teilhaftig zu werden, das soeben an einem verborgenen Ort im Osten ihre Verwandlung vollendet hat. Und ist solche Verwandlung nicht sowohl von außen wie vielmehr eine innere Umwandlung des Geblütes und der Seele, davon die, so ihrer teilhaftig werden, den Tod überwinden, ob sie gleich stürben, und der Seligkeiten eines Aeons zur Stunde schon gewiss sind."

Der Fremde schien Reußing mit dieser seiner Rede wie ins Übermenschliche emporgewachsen. Jetzt brach er ab, neigte sich wieder leicht und freundlich zu dem jungen Manne und fuhr, mit dem Tone liebenswürdiger Scherze in der Stimme, fort: "Da habt Ihr nun in einem: *tinkturam* und *essentiam*, deren Vorhandensein Ihr so schön hinwegdisputiert habt. Tut nun aber, wie ich Euch geheißen. Vergesset nicht Euer Wachs auf das Zinn zu werfen, so werden vielleicht Eure Hände schaffen, was Eure Augen nicht glauben wollen. Und nun gute Nacht." Damit schob er Reußing zur Tür hinaus und schloss hinter ihm ab. Reußing eilte nach Hause und machte, noch verwirrt von den Eindrücken des Abends, alsbald Feuer unter dem Windofen im Laboratorium, schmolz einen etwa drei Lot schweren zinnernen Löffel und warf das erhaltene Wachskügelchen auf das fließende Metall. Sofort wallte das geschmolzene Zinn in glutrotem Schäumen auf, während das Feuer um den Tiegel in allen Farben des Regenbogens spielte. Nach einer Viertelstunde verloren sich diese Erscheinungen, das Metall verblich aus roter in goldgelbe Farbe; Reußing goss es aus und erkannte schon bei Licht, dass er drei Lot des reinsten, gediegenen Goldes vor sich hatte. Bei genauerer Untersuchung bemerkte er auf der Oberfläche der erkalteten Masse sternförmige Kristalle oder Blüten eines rubinroten Abschelfs. Ein auf dem Probierstein mit dem Metall gemachter Strich wurde in der Tat von Salpetersäure nicht angegriffen, von Königswasser jedoch hinweggenommen, was Reußings Erkenntnis bestätigte, dass er nicht etwa verfärbtes Silber, sondern echtes Gold vor sich habe. Reußing ließ sich nicht Zeit, dem Wunder länger nachzuträumen. Er eilte auf der Stelle in die Klausgasse zurück, um seinen wunderbaren Freund über das Ergebnis seines Experimentes zu unterrichten. Jedoch fand er das Haus in Dunkel gehüllt, und als ihm auf wiederholtes Pochen nicht geöffnet wurde, stand er von weiteren Versuchen ab, noch in der Nacht mit dem Fremden ein neues Gespräch zu eröffnen. Zu schicklicher Morgenzeit kehrte er zum zweiten Male zur Wohnung des Sägeschmieds Wagner zurück, fand aber die Stube des Fremden leer, wenn auch nicht verschlossen. Die Gläser und Retorten waren zerschlagen. Der Adept hatte seine schuldige Miete auf den Tisch gezählt und war ohne Abschied fortgegangen. Der Sägeschmied Wagner bestätigte Reußing, dass er den angenehmen Hausgast vor einer Stunde wie zu einem Spaziergang das Haus und die Straße habe verlassen sehen.

Niemand in Halle hat je den Namen des Reisenden erfahren, und Reußing kehrte kopfschüttelnd in seine Apotheke zurück. Desselben Tages noch trug er das Erzeugnis seiner Retorte zu dem Goldschmied Lemmerich in der Großen Ullrichstraße, der das Metall gleichfalls nach kurzer Prüfung für das beste Gold erklärte und es ihm für sechsunddreißig Taler abkaufte. Lemmerich munterte auch mit einem sonderbaren Seitenblick den Verkäufer auf, doch recht bald wiederzukommen, falls er weitere solche Kundschaft brauche. Zugleich musterte er mit besonderem Wohlgefallen jene roten Blüten, die auf dem Golde verstreut waren. Der Mann schien Erfahrung zu haben; es schien ihm schon mehrfach solches Gold zum Kaufe überlassen worden zu sein, und da er selbst ein Liebhaber von allerhand chemischen Experimenten war, so mochte ihm, sei es durch Zufall, sei es aufgrund eines erhaltenen Winkes, der Umstand bekannt zu sein, dass solch rotgesterntes Gold bei nochmaligem Umschmelzen mit Silber einen ferneren Zuwachs an Gold versprach.

Nach Beendigung seiner Lehrjahre in der Frankeschen Apotheke zu Halle ließ sich Reußing als Apotheker in dem Gewölbe von Löbejün in Halle nieder und verheiratete später seine Tochter an den bekannten Berg- und Salinendirektor Dr. von Leyser, Direktor der Naturforschenden Gesellschaft in Halle, welcher diesen Vorfall nebst allen Nebenumständen im ersten Bande seiner "Beiträge zur Beförderung der Naturkunde" vom Jahre 1774 mitgeteilt hat; dort auch nicht ohne Scharfsinn anmerkt, dass die Gleichheit der Umstände in der Beschaffenheit des Goldes, wie es aus den Tiegeln des Sehfeldschen Laboratoriums zu Rodaun und aus dem Tiegel Reußings hervorgegangen war, mit Recht darauf schließen lasse, dass der große Unbekannte von Halle, mit dem Reußing zusammengetroffen war, mit äußerster Wahrscheinlichkeit kein anderer als der verschollene Sehfeld gewesen sein müsse.

## Über tredition

### Eigenes Buch veröffentlichen

tredition wurde 2006 in Hamburg gegründet und hat seither mehrere tausend Buchtitel veröffentlicht. Autoren veröffentlichen in wenigen leichten Schritten gedruckte Bücher, e-Books und audio-
Books. tredition hat das Ziel, die beste und fairste Veröffentli-
chungsmöglichkeit für Autoren zu bieten.

tredition wurde mit der Erkenntnis gegründet, dass nur etwa jedes
200. bei Verlagen eingereichte Manuskript veröffentlicht wird. Dabei hat jedes Buch seinen Markt, also seine Leser. tredition sorgt
dafür, dass für jedes Buch die Leserschaft auch erreicht wird.

Im einzigartigen Literatur-Netzwerk von tredition bieten zahlreiche
Literatur-Partner (das sind Lektoren, Übersetzer, Hörbuchsprecher
und Illustratoren) ihre Dienstleistung an, um Manuskripte zu ver-
bessern oder die Vielfalt zu erhöhen. Autoren vereinbaren direkt
mit den Literatur-Partnern die Konditionen ihrer Zusammenarbeit
und partizipieren gemeinsam am Erfolg des Buches.

Das gesamte Verlagsprogramm von tredition ist bei allen stationä-
ren Buchhandlungen und Online-Buchhändlern wie z. B. Amazon
erhältlich. e-Books stehen bei den führenden Online-Portalen (z. B.
iBookstore von Apple oder Kindle von Amazon) zum Verkauf.

Einfach leicht ein Buch veröffentlichen: **www.tredition.de**

## Eigene Buchreihe oder eigenen Verlag gründen

Seit 2009 bietet tredition sein Verlagskonzept auch als sogenanntes "White-Label" an. Das bedeutet, dass andere Unternehmen, Institutionen und Personen risikofrei und unkompliziert selbst zum Herausgeber von Büchern und Buchreihen unter eigener Marke werden können. tredition übernimmt dabei das komplette Herstellungs- und Distributionsrisiko.

Zahlreiche Zeitschriften-, Zeitungs- und Buchverlage, Universitäten, Forschungseinrichtungen u.v.m. nutzen diese Dienstleistung von tredition, um unter eigener Marke ohne Risiko Bücher zu verlegen.

Alle Informationen im Internet: **www.tredition.de/fuer-verlage**

tredition wurde mit mehreren Innovationspreisen ausgezeichnet, u. a. mit dem Webfuture Award und dem Innovationspreis der Buch Digitale.

tredition ist Mitglied im Börsenverein des Deutschen Buchhandels.

## Dieses Werk elektronisch lesen

Dieses Werk ist Teil der Gutenberg-DE Edition DVD. Diese enthält das komplette Archiv des Projekt Gutenberg-DE. Die DVD ist im Internet erhältlich auf **http://gutenbergshop.abc.de**

Zeitfracht Medien GmbH
Ferdinand-Jühlke-Straße 7
99095 Erfurt, Deutschland
produktsicherheit@kolibri360.de